지구를 항해하는 초록 배에 탑니다

지구를 항해하는 초록배에 탑니다

작은 물결을
파도로
만드는 일

김연식

차례

프롤로그

그린피스 환경감시선 '레인보우 워리어'의 크루가 되어보세요!
전 세계를 누비는 레인보우 워리어 3호가 보름간 우리나라를 방문
합니다. 배에서 함께 생활하며 주방보조로 일할 자원봉사자를 구
합니다. 영어로 의사소통할 수 있는 분이면 좋겠습니다.

눈이 번쩍 뜨였다. 긴 항해를 마치고 휴가를 받은 후 마
침 잠이 오지 않던 밤이었다. 이 시간을 어찌 보낼지 고민
하며 가벼운 호기심으로 그린피스 홈페이지를 둘러보다
가 흥미로운 공고를 발견했다.
지구 환경을 지키는 그린피스 환경감시선. 고래와 북극

곰, 펭귄과 빙하. 그 사이를 항해하는 배에 오르는 기회라니. 배 생활이라면 자신 있다. NGO에서 일하는 건 감히 상상도 해보지 않았지만, 뭔가 재밌는 일이 일어날 것 같았다. 주방보조 자원봉사라도 꼭 해보고 싶다. 짧은 영어는 지원하고 나서 걱정해도 늦지 않다. 기회를 놓칠세라 후다닥 지원서를 내려받았다.

-가만있자. 그나저나 환경감시선은 뭘 하는 거지?

환경단체 그린피스라면 뉴스로 어렴풋이 들어봤지만, 환경감시선에 대해 아는 건 많지 않다. 곧장 인터넷 검색창을 열었다.

Greenpeace ship

이라고 검색어를 입력하니

Greenpeace ship blown up

이라는 연관검색어가 떴다. 뭐지 싶어 눌러보니, 세상에나, 흥미롭고 유감스러운 이야기가 쏟아졌다.

1985년 남태평양에서 프랑스의 핵실험에 반대하는 캠페인을 준비하던 '레인보우 워리어'호의 바닥에서 폭탄이 터져 배가 침몰하고 사진가 한 명이 숨졌다.

'레인보우 워리어 1호'의 이야기였다. 무지개 전사라는 고운 이름과 초록색 선체에 무지개가 그려진 밝은 모습과는 어울리지 않게 심각한 내용이었다. 'Blown up'이 '폭파됐다'는 뜻이라는 것과, 내가 타려는 레인보우 워리어 3호가 이 배의 후손이라는 사실을 알게 됐다.

화면을 아래로 내리니 이번엔 또 다른 초록 배가 있었다. 북극의 일출이라는 뜻의 '아틱 선라이즈호'다. 감옥 창살 너머 무거운 표정의 선원들 사진도 보였다. 북극에서 석유 시추선을 저지하다 러시아 군대에 억류되었다는 설명과 함께. 화면을 보는 내 표정도 점점 어두워졌다.

그 아래 사진에서는 커다란 초록 배가 그보다 큰 어선 사이를 헤집고 다녔다. 희망이라는 뜻의 '에스페란자호'다. 남태평양에서 고래를 잡는 포경선과 대치하다 충돌 직전에 이르렀다. 환경감시선은 제각기 만만치 않은 사연을 담고 있었다.

그린피스는 전 세계 55개 나라에 사무실을 둔 국제 환경단체다. 1971년 캐나다 밴쿠버 시민들이 모여 미국의 북태평양 핵실험을 저지한 이래, 반세기 가까이 해양보호와 전 지구적 환경 문제의 해결을 위해 평화적이고 창의적인 방식으로 캠페인을 진행하고 있다.

이 단체에는 배가 세 척 있다. 북극이나 남태평양처럼 사람의 발길이 미치지 않는 먼바다를 누비는 환경감시선이다. 우리나라를 방문하는 레인보우 워리어 3호도 그중 하나다. 하나같이 전설 같은 일화를 안고 있는 그린피스 환경감시선. 그 배에 오르다니. 상상만으로도 가슴이 벅차오른다. 한편으로는 겁도 난다. 듣자 하니 우리나라 사람은 하나도 없는 다국적 선박이다. 전 세계 30여 개 나라에서 온 선원들이 섞여 있단다. 그들과 의사소통하려면 영어가 필수다.

-뭐, 영어가 대수겠어. 못 알아들어도 일단 배시시 웃으면 그만이지.

호기롭게 지원서를 보내고 며칠 후 낯선 번호에서 전화가 왔다.

-안녕하세요? 그린피스입니다. (중략) 배에서 지내기 쉽지 않을 텐데 괜찮겠어요?

-휴가 중인 현직 항해사입니다. 배 생활은 문제없어요.

-아, 그럼 영어는 잘하시겠네요?

-영…어요? 아무렴…요….

2015년 가을이었다. 나는 커다란 화물선에서 일하고

돌아와 3개월 휴가를 보내고 있었다. 시간은 많은데 딱히 할 일은 없었다. 보름 동안 집을 비우고 배에서 자원봉사 하는 일이 보통 사람에게 쉬운 결정은 아닐 테다. 나는 그렇게 생각보다 쉽게 레인보우 워리어의 주방보조 자원봉사자가 됐고, 무려 숙식 제공이라는 특별대우를 받으며 부산으로 향했다.

절반은 항해사,
절반은 액티비스트

2015년 10월 16일.

　부산이다. 맑은 가을날이다. 달그락달그락 커다란 짐가방이 내 뒤를 따른다. 볼 것 많은 거리와 맛 좋다는 음식점을 기웃거리지 않고 곧장 목적지로 향했다. 지하철 1호선 중앙역에 내려 어렴풋이 바다가 보이는 쪽으로 걸었다. 철조망 너머로 그린피스 환경감시선 레인보우 워리어 3호의 높다란 돛대가 보인다. 바람을 타고 가는 대형 요트다. 역사적 사건으로 침몰한 레인보우 워리어 1호의 명맥을 잇고 있다.

레인보우 워리어 1호. 프랑스의 남태평양 핵실험에 반대해 뉴질랜드 오클랜드항에 정박한 이 배 밑바닥에서 폭탄이 터진 건 1985년 7월 10일이었다. 폭발로 사진가 한 명이 죽고, 배는 그 자리에 침몰했다. 프랑스 정부의 핵실험에 반대하다 침몰했으니 범인이 누군지 짐작이 간다. 훗날 은퇴한 프랑스 정보기관 공작원은 폭파 사실을 시인하고 공개적으로 사과했다. 사건 당시 프랑스 정부는 가해 사실을 부인하면서도 피해를 보상한다며 그린피스에 레인보우 워리어 2호를 제공했다. 그때부터 30년 가까이 운항하던 배가 낡아 2014년에 지금 내 앞에 있는 3호를 새로 지었다.

레인보우 워리어는 그린피스를 상징하는 배다. 하늘 높이 솟은 하얀 돛대는 멀리 시가지에서도 선명하게 보인다. 무지개가 그려진 초록 선체는 무척 아름답다. 이 전설 같은 배에서 내가 일한다니. 설렌다.

부두 출입구 검문소를 지나 구름 위를 걷는 기분으로 배를 향해 걸어가는데, 느닷없이 가슴이 콩닥콩닥 뛴다. 영어. 갓 뎀 잉글리시. 배에 있는 사람들은 외국인일 테고, 영어로 인사를 해야 하는데, 첫인사로 '헬로우'와 '하이'와 '와썹'을 고민했다. 프랑스 사람이면 '봉주르', 독일 사람이면 '구텐탁', 태국 사람이면 '사와디 캅'이라 해야 하는데, 각자 가슴팍에 국기를 달고 다니는 것도 아니니 영어를 하는 게 맞겠지. 그린피스 선원들이 자유로운 성향이라지만 초면에 '와썹'은 좀 실례고 '헬로우'는 딱딱하 ㅡ다고 영어책에서 읽었으ㅡ니, '하이'로 결정.

그다음엔 나를 어떻게 소개해야 할까. 감자 깎으러 왔다고 포테이토맨은 아닐 테고, 주방에서 일한다고 해서 키친맨은 아닐 테고. 그렇다고 요리사 '쿡'도 아니고. 대충 '키친 헬퍼'가 좋겠다. 이게 맞는 건가? 아닌가? 학창 시절, 공부해서 남 주냐는 엄마의 말이 사무치게 와닿는다. 마미, 쏘리. 이미 너무 늦은 일이다.

영어 인사에서 시작한 고민이 학업에 소홀했던 과거에 대한 자기반성과 엄마 생각에까지 이어진 사이, 어디서 나타났는지 땅딸막한 곱슬머리 서양 남자가 불쑥 인사했다.

ㅡ완뇽하쉐요?

이 말에 머릿속을 떠다니던 와썹과 키친맨과 포테이토맨은 하얗게 사라지고, 나는 잠깐 사이 입을 꾹 다물고, 볼링공을 쥐듯 손바닥을 모았다가, 양손을 벌려 원을 그렸다가, 오른손을 턱 근처에서 펼쳤다가, 정신을 가다듬고 처음 무대에 오른 배우가 대사를 낭독하듯, '하이, 아임 어

키친맨'을 "하.이. 아.임. 어. 키.친.맨"이라고 말했다.

그 말을 들은 곱슬머리 남자는 볼링공을 쥐듯 손바닥을 모았다가, 양손을 벌려 원을 그렸다가, 오른손을 턱 근처에서 몇 번 돌리다가, 허탈하게 손을 아래로 늘어뜨리더니, 한숨 쉬듯

-키친맨….

이라고 혼잣말로 되새겼다. 그는 오른손 집게손가락을 코와 입술 사이 인중에 얹고 조금 더 깊이 생각하다가 내게 뭐라고 질문했는데, 대략 "주방 일을 도우러 왔니?" 같은 말이어서 "그렇다"고 답했다. 그러자 곱슬머리는 잠시 생각하더니, 집게손가락으로 허공을 날카롭게 찌르며 명쾌한 목소리로

-어시스턴트 쿡!

이라고, 마치 키친맨과 포테이토맨과 어니언맨을 아우르는 포괄적 공통 단어 문제를 언어학 시험지에 써내듯 말했다.

곱슬머리는 40대 포르투갈 남자 '로쏘'다. 그는 이날 당직을 맡은 갑판원으로 밝고, 유쾌하고, 무엇보다 보통 남유럽 사람답게 손짓의 마술사다. 이탈리아 사람은 손을 묶어놓으면 말을 못 한다나? 이 친구가 그렇다. 눈을 감

고 들으면 그 영어가 무슨 말인지 모르겠는데, 표정과 손짓을 보면 뭐든 알아들을 수 있다.

로쏘는 곧장 나를 배 안으로 끌고 갔다. 그리고 마주치는 선원마다 제 오랜 친구를 소개하듯 내 이름을 대신 말했다. 나도 내 이름 정도는 연습했고, 이제 내 직책이 '어시스턴트 쿡'이란 것도 알게 됐으니 괜찮지만 말이다. 어쨌든 로쏘 덕분에 특별한 손님이 된 기분, 환영받는 느낌이었다.

배는 겉보기와 달리 안이 깊고 복잡했다. 길이 58m, 폭 11m 선체다. 서른 명이 먹고 자고 일하니 별별 게 다 있다. 넓은 식당, 영화를 볼 수 있는 휴게실, 음식을 조리하는 주방, 내 방보다 큰 식자재 냉장고와 냉동고, 세탁기와 건조기가 네다섯 대나 있는 세탁실, 운동실, 사무실, 회의실, 창고, 배를 운전하는 조타실과 기관실, 서른 명 선원들의 침실이 있다. 보이지 않는 발아래로는 물탱크와 오수탱크, 갖가지 기계실까지, 금은보화가 끝없이 나오는 마법 장화처럼 배 안은 생각보다 넓다. 한정된 공간을 참 알뜰하고 효율 높게 갈랐다.

배의 구석구석까지 보여준 로쏘는 나를 선장실로 안내했다. 선장이 어떤 분일지 짐작할 새도 없이 바로 옆에 있는 문이 열렸고, 그 안에는 목이 헐겁게 늘어나고 원래 쓰여 있던 글씨가 희미해진 낡은 티셔츠를 입은, 수염 덥수룩한 배불뚝이 노인이 맨발로 삐딱하게 앉아 시시한 코미디 프로그램을 보며 헤죽거리고 있었다. 선장 '피트'다. 나중에 알고 보니 피트는 프랑스 공작원이 폭파한 당시 레인보우 워리어 1호의 선장이었다. 2013년에는 북극에서 석유를 시추하는 일에 반대하는 캠페인을 벌이다 러시아 감옥에 2개월간 갇혔던 전설의 그린피스 선장 말이다. 전설의 선장 피트는 사실 일상을 사는 평범한 노인이었다. 아니, 맨발의 배불뚝이였다.

노인은 스무 시간쯤 미동도 하지 않고 그 자리에 앉아 있던 것처럼 꿈쩍없이 삐딱했다. '얼음' 하고 외친 뒤 누가 와서 '땡' 해주기를 기다렸는데, 선원들이 선장을 깜빡 잊고 놀이를 끝낸 건 아닌가 싶었다. 갑자기 피트가 안쓰럽다. 로쏘의 소개를 들은 배불뚝이 전설은 삐딱하게 앉은 채로 내게 말했다.

-킴, 환영하네. 배에 오른 이상 이제 자네도 그린피스 선원이야. 그린피스 선원들은 뭘 하든 절반은 액티비스트야. 절반은 항해사, 절반은 액티비스트. 절반은 요리사, 절반은 액티비스트. 절반은 선원의 일은 하지만 나머지

절반은 액티비스트란 말이지. 그러니 자네도 이제 액티비스트라는 걸 명심하게.

이건 마치 훈장을 주렁주렁 달고 있는 노장군이 갓 입대한 신병의 어깨를 묵직하게 어루만지며 "이제 조국의 미래는 자네에게 달려 있네"라고 당부하는 격이랄까. 물론 유창한 영어로 말했고, 초면 인사치고는 퍽 장황했다. (그래서 이 글에는 내가 고도의 집중력을 발휘해 가까스로 이해한 일부만 우리말로 옮겼다.) 느닷없이 피트가 자리에서 일어나 창밖을 지그시 바라보며 "자네를 보니 내가 처음 배에 오르던 시절이 떠오르는군. 나 때는 말이야….."로 이어지지는 않은 게 천만다행이었다. 일부만 이해했지만 충분히 감동적인 말이었다.

어쨌든 뭐, 그렇다. 나는 원래부터 양념 반 프라이드 반을 좋아했고, 지금부터 반은 설거지꾼, 반은 액티비스트, 그러니까 환경운동가다. 액티비스트라는 말이 아직은 좀 낯설긴 하지만, 아무렴 어떤가. 무려 전설의 선장 피트가 인정한 액티비스트 아닌가.

눈물의 채식

주방에 들어가 꽤 많이 울었다. 나는 감자를 잘 깎는데, 어쩐 일인지 계속 양파를 까고 썰었다. 아침에 까고, 점심에 까고, 저녁에 또 깠다. 이 사람들은 대체 양파를 얼마나 먹어대는 걸까. 까도 까도 부족했다. 눈물에 콧물도 많이 흘렸다.

인도 출신 요리사 '바부'가 내게 스쿠버다이빙에 쓰는 물안경을 줬다. 물안경을 쓰니 앞이 점점 뿌옇게 흐려졌다. 시야와 함께 정신도 뿌옇게 흐려졌다. 내가 내내 바닥에 쪼그려 앉아 훌쩍거리며 양파를 까는 바람에 바부는 사람들이 주방에 들를 때마다 자신의 결백과 아직 원만한 우리 관계를 설명해야 했다. 뿌연 물안경을 쓰고 돌아보니 내 뒤에서 얼굴이 벌겋도록 웃던 선원 하나가 어깨를 다독이며 말했다.

—킴, 양파 까는 일이 힘들지? 그린피스에는 채식하는 사람이 많아. 우유와 달걀을 안 먹는 완전 채식도 여럿이지. 그래서 채소가 많이 필요해. 대신 고기 소비량은 상당히 적어.

이 말을 듣는 순간, 선원들이 먹을 음식에 이바지한 내 눈물의 값어치에 감격하기는커녕, 앞으로 까야 할 수많은 양파가 내 머리 위로 와르르 떨어지는 느낌이었다. 절망이다. 양파 하나에 눈물 열 방울. 창고엔 양파가 오백 개도 넘으니 앞으로 흘릴 내 눈물은 오천 방울. 갈증이 많이 났다. 눈물이 되어 밖으로 나올 게 뻔한 맹물을 벌컥벌컥 마시며 돌아올 양파 대란에 대비했다. 덤벼라, 양파야. 내 너를 눈물로 맞으리라. 그래, 난 액티비스트니까!

(혹시 그린피스에 도움을 주고 싶은 분은 배에 양파를 보내주기 바란다. 껍질을 깐 양파라면 단언컨대 선원 중 하나가 눈물을 흘리며 기뻐할 것이다.)

내가 눈물로 깐 자식같이 소중한 양파는 구워지고 튀겨

지고 산 채로 샐러드가 되어 배식대에 올랐다. 점심 식사 시간이 되자 사람들이 하나둘 몰려왔고, 하나같이 내 양파와 갖가지 풀을 소처럼 우적우적 씹어 먹었다. 정말로 치즈나 우유도 안 먹는 사람이 많았고, 대신 빵과 양파, 호박과 양파, 감자와 양파, 온갖 풀과 양파, 양파, 양파, 양파! 양파를 먹었다.

그린피스 활동가들이 채식하는 까닭은 채식이 환경오염을 막는 중요한 방법이기 때문이다. 지구에는 음매음매 소가 15억7천 마리나 있는데, 이 소들이 트림과 방귀로 배출하는 메탄가스가 연간 1억5천만 톤이다. 엄청난 놈들이다. 소들이 지구온난화를 유발하는 비중은 전 세계 모든 자동차, 비행기, 선박 같은 교통수단이 배출하는 온실가스의 1.5배다. 공장식 대량 축산업은 이처럼 심각한 환경오염원이다. 그러니 '고기를 적게 먹고 채식이나 다른 대안을 찾아야 한다', 고 말한다.

하지만 환경보호라는 말은 멀고, 눈앞의 고기는 가깝다. 어떤 사람에게 고기 굽는 냄새는 피할 수 없는 유혹이다. 활동가들은 어떻게 군침 도는 유혹을 이겨낼 수 있는 걸까? 지구온난화를 저지하기 위해 고기를 끊은 실천 의지가 놀라웠다. 양파를 우적우적 입에 넣는 모습은 더 놀라웠다. 그렇게 채식만으로도 둥근 몸매를 유지하는 선원은 더더욱 놀라웠다. 하긴 우리 집 소도 풀만 먹고 포동포동 살이 올라 400kg이 넘었으니 대수로운 일은 아니다.

그린피스 일원이 되려면 꼭 채식을 해야 할까? 환경운동은 완벽한 사람만 할 수 있는 건가? 나는 휘발유차를 신나게 몰고, 내 아버지는 온실가스의 주범이라는 한우를 평생 기르셨다. 그린피스가 추구하는 방향에 어렴풋이 고개를 끄덕이던 나는 그저 막연한 기대와 어느 정도의 소명 의식으로 레인보우 워리어에 올랐을 뿐이다. 막상 배 안에서 부딪혀 보니 환경을 보호하는 방법은 내 생각보다 가까운 곳에 있었다.

환경을 보호한다는 건, 결국 내 행동이 가져올 책임을 생각한다는 것. 사소한 귀찮음을 받아들이는 너그러움과 작은 것이라도 실천하는 수고면 충분한 것 아닐까. 양파를 썰고 눈물을 흘리며 어쩐지 그런 생각을 했다.

지구를 지키는
슈퍼맨은 없지만

마늘, 다음 날은 마늘을 깠다. 물론 많이 깠다. 웅녀가 동굴에서 스물한 날 동안 먹고도 남을 엄청난 양을 까고 또 깠다. 그렇게 많은 마늘을 왜 깠냐고? 요리사 바부가 김치를 만든단다. 세상에. 인도 사람 바부가 김치를 말이다.

　-바부, 김치 어떻게 만드는지 알아?

　-응. 물론이지. 어제 인터넷으로 알아봤어.

　제법 자신 있는 표정이다. 그린피스 배는 늘 방문하는 곳의 음식으로 현지 사람들과 유대감을 나눈다. 멕시코에 가면 타코를, 인도에 가면 카레를, 우리나라에서는 김치를 먹는 식이다. 걱정스러운 마음에 바부가 봤다는 김

치 만드는 법 동영상을 보니, 아이고, 이런, 아뿔싸, 세상
에나! 화면에 등장하는 건 누가 봐도 인도 사람. 인도 사
람이 인도 사람에게 인도 방언으로 김치 만드는 법을 설
명하고 있었다. 화면이 어두워서 그런지 고춧가루가 조금
거무튀튀했고, 김치가 대체로 누렇다. 문득 마늘 까는 일
이 부질없게 느껴졌다. 동영상만 보고도 나는 이 김치의
슬픈 결말을 예상할 수 있었다. 오늘은 어쩐지 난생처음
카레 맛 김치를 맛보게 될 것 같다는 생각이 들었다.

 ─바부, 잘할 수 있겠어?

 ─응, 물론이지. 걱정하지 말고 마늘만 준비해 줘.

 ─김치를 만들려면 무를 참참 썬 것도 필요하고, 젓갈
같은 생선 소스도 필요할 텐데.

 ─괜찮아. 그린피스의 김치는 좀 달라야지. 비건 때문에
생선 소스는 못 넣거든. 걱정하지 마. 방법을 찾아냈어.

 바부의 자신만만한 표정이 나는 오히려 걱정됐다. 오늘
그린피스와 우리나라 사람들 사이에 어떤 유대감이 생길
지 무척 기대됐다. 불안한 저녁 식사 시간이 다가오는 오
후였다.

 바부는 오후 내내 한글과 한자, 영어가 쓰인 이런저런
양념을 여기저기 푹푹 뿌렸다. 시간은 내 어머니가 김장

하던 때와 전혀 다르게 흘러갔고, 아린 손톱을 달래가며 정성스럽게 깐 마늘은 그 속으로 들어갔다. 신이 나서 김치를 담그는 바부에게 차마 이래라저래라 조언할 수 없었다. 나는 그저 내 마늘의 희생이 헛되지 않기를 붓다의 이름으로 기원할 뿐이었다. 아멘.

그날 저녁 식사 시간에 맞춰 우리나라 사람들이 우르르 몰려왔다. 주말 이틀 사이 배를 구경하러 온 시민 수백 명을 친절히 안내하고 통역한 고마운 자원봉사자들이다. 환경감시선이 항구에 정박하면 보통 주말엔 시민들에게 배를 개방한다. 찾아온 시민들은 배를 둘러보고, 선원들에게서 배와 그린피스의 역사, 승선 생활 이야기, 현지에 기항한 목적 등을 듣는다. 그린피스 캠페인을 널리 알리고 시민들의 참여를 모으는 방법 중 하나다.

이 행사의 뒤편에는 늘 자원봉사자들이 있다. 가장 고생하는 사람들이다. 자원봉사를 마친 이들을 위해 배 뒤쪽 헬리콥터가 내리는 넓은 갑판에 탁자를 붙여 저녁 식사 겸 조촐한 파티를 열었다. 탁자엔 피자와 파스타, 밥, 빵, 샐러드, 감자튀김, 양파, 양파, 양파 그리고 김치가 올라왔다.

-오늘 이 자리의 주인공은 여러분, 자원봉사자들입니다. 이틀 동안 수고해 주셔서 감사합니다. 특별히 오늘 음식을 준비하느라 요리사 바부가 고생이 많았습니다.

　사회를 보는 일등 항해사 페르난도가 바부에게 발언권을 넘겼다. 불현듯 사람들의 시선을 받은 요리사는 쑥스럽게 인사했다.

　-저는 그저 제 일을 한 겁니다. 한국에 왔으니 오늘은 여러분을 위해 한국 음식 김치를 만들어 봤어요. 드셔보세요.

　김치를 만들었다는 말에 자원봉사자들 모두가 환호하며 손뼉 쳤다. 유치원생 자녀가 김치를 담그기라도 한 것처럼 대견한 눈빛으로 김치와 바부를 번갈아 봤다. 바부는 내내 어색하게 웃었다. 여럿 앞에 서는 게 부담스러운 걸까? 막상 김치를 내놓은 바부는 자신만만하던 처음과 달리 조심스러운 눈치다.

　어쩌면 요리사의 숙명인지도 모르겠다. 음식이란 늘 정서적인 것이고, 뭐든 아무리 잘 만들어도 먹는 사람이 멋대로 판결하니 늘 조마조마할 것이다. 더구나 입맛이 완전히 다른 사람들에게 제 음식이 아닌 걸 만들어 대접하는 일이야말로 잘해봐야 본전일 테다.

사람들은 자연스레 음식을 뜨기 시작했고, 탁자 위 모든 음식을 맛있게 즐겼다. 김치만 빼고…. 외국인 선원들도 음식을 즐겼다. 김치만 빼고….

슬프게도 한국인에게마저 외면받은 인도 김치는 저녁 바람에 쓸쓸히 말라갔다. 그 김치를 사랑한 건 다름 아닌 인도 사람. 그는 밥과 김치를 맛있게 먹었고, 한국인 자원봉사자들은 그 광경을 보며 이렇게 말했다.

–차라리 인도 카레를 만들었으면 좋았을걸.

마늘에 전 내 손톱은 밤공기와 허탈함에 더더욱 아려왔다. 그 순간, 공기 중 여기저기에 이런 생각이 떠다니는 걸 직감했다. 바부는 왜 김치를 직접 만든 걸까? 왜 익숙한 음식을 만들지 않고 불나방처럼 빤히 실패할 일에 뛰어들었을까? 근처 가게에서 파는 김치를 구해도 겉치레는 충분하고, 오히려 그편이 속도 편할 텐데 말이다.

바부는 빤히 실패할 김치를 만들었지만, 사람들은 형편없는 김치에서 그가 하고 싶은 말을 읽었을 것이다. 때론 눈부신 말보다 사과 하나를 반으로 나눠 먹는다든지, 현지 음식을 나누는 행동이 진심을 담는 법이니까.

어쩌면 그린피스의 캠페인도 마찬가지다. 그린피스 활동가들의 일은 사실 바부가 김치를 만드는 정도다. 그저 배를 운전하고, 고치고, 원자력 발전소 앞에서 커다란 현수막을 펼친 다음 사진을 찍고, 고래잡이 어선을 쫓아다니고, 굶주린 북극곰 이야기를 전하며 마음 아파하는 게 전부다. 그렇지만 사람들은 그 장면에서 우리가 하고자 하는 말을 읽는다. 적어도 우리는 그렇게 믿는다.

대단하고 특별하게만 보이던 환경감시선이었다. 그린피스에서 5년쯤 일하고 어깨에 힘이 빠질 즈음 깨달았다. 세상 어디에도, 그린피스에도 슈퍼맨은 없다. 배에 잠깐 찾아오는 사람들이 환경감시선에서 일하는 사람들을 마치 슈퍼맨이나 아이언맨처럼 대단하게 여기는 경우가 종종 있다. 그렇지만 알고 보면 선원들은 전부 나처럼 요리하는 키친맨에 갑판을 정비하는 페인트맨, 기계를 고치는 드라이버맨 같은 보통 사람들이다.

환경을 지키는 건 존재하지 않는 그린피스맨이라는 영웅이 나서서 해결할 수 있는 게 아니다. 우리가 그렇게 믿는 순간 환경 문제는 나와는 상관없는 일이 된다. 그린피스 선원은 그저 양파를 깔고, 배를 몰지만 그 방향에 작은 신념과 그보다 사소한 나날의 실천이 있을 뿐이다.

어리석은 자가 산을 옮긴다고 한다. 오늘 바부가 변변

찮은 인도 김치로 자원봉사자들의 마음을 움직였고, 내일은 미련한 그린피스가 아주 미련하게 그러나 끝까지 포기하지 않고 풀리지 않는 환경 문제를 해결하는데 앞장설지 모른다. 나는 어제 양파로, 오늘 마늘로 그 일에 함께하고 있다 믿는다.

좋은 아침입니다.
그린피스 국제본부입니다

레인보우 워리어에서 키친맨, 어니언맨, 갈릭맨으로 자원
봉사를 마치고 집으로 돌아오고 나서부터 내겐 매일 해야
하는 일이 생겼다. 그건 바로 하루 네 번, 암스테르담 그
린피스 본부에 전화 거는 것. 그 목적은 다름 아닌 채용
문의, 또는 채용 청탁(연고도 없이), 또는 채용 압박(힘도
없이), 실은 채용 통사정.

배에서 지내보니, 잠깐 일을 돕는 자원봉사자가 아니라
정식으로 직원이 되어 일하고 싶어졌다. 그럴 수 있겠다
는 생각이 들었다. 그간 NGO에서 일하는 사람들은 엄청
똑똑하고 영어도 잘하는 완벽한 사람일 것만 같았다. 그

래서 지레 겁먹고 꿈도 못 꾼 게 사실이다. 하지만 겪어보니 그린피스 선원들은 특출 나다기보다 다들 가슴에 어떤 소명 의식을 갖고 있는 보통 사람들이었다. 그 마음, 내게도 피어나기 시작했다.

집에 오자마자 그린피스 인터넷 홈페이지에서 정식 채용 절차대로 지원했다. 며칠 뒤에도 소식이 없어 담당자에게 직접 이메일을 보냈다. 이메일을 보내고부터는 스토커로 변했다. 제대로 보낸 건지 궁금한 마음에 번번이 '수신 확인'을 눌렀다. 조바심이 났는지 지하철에서, 건널목에서, 식당에서, 영화관에서 수도 없이 '수신 확인'을 눌러댔다. 그러기를 보름. 실망스럽지만 끝내 아무도 내 메일을 열지 않았다.

답답했다. 사람을 구하지 않는 모양이다. 하지만 정말 하고 싶고 해야 하는 일이 생기면 상식과 예의를 지키는 선에서 최선을 다해야 하지 않겠는가. 종이에 정성스레 손편지를 써서 항공 우편으로 보내도 깜깜무소식. 차라리 '자리가 없다'거나 '이력서를 보니 너는 별로야' 하는 식으로 어떤 말이든 좋으니 답을 듣고 싶었다. 이메일을 열어보지도 않는 게 답답했지만, 어느 참부터 그게 포기하지 않게 하는 희망이 됐다.

-아직 거절당한 게 아니잖아. 내 이력서를 안 읽었을 뿐.

그렇다면 이제 남은 방법은 전화. 전화로 대화라도 나눠보고 싶었다. 우리나라와 네덜란드의 시차는 일곱 시간. 서울 오후 4시가 암스테르담 오전 9시다. 썸머타임까지 치밀하게 계산했다. 하여 난 4시 15분쯤 그린피스 국제본부 직원들이 출근할 무렵에 전화하기로 마음먹었다. 담당 직원이 커피 한 잔 마시며 한숨 돌릴 시간을 계산하는 이 배려심.

내 통화는 대략 이렇다. 현장감을 위해 영문을 함께 표기한다.

-벨렐레레레.(신호음)

-Good morning. Greenpeace International.(좋은 아침입니다. 그린피스 국제본부입니다.)

대표 번호 교환원이다. 자동 응답기처럼 사무적인 말투지만, 실은 사람이다.

-Hi, Good morning. This is Kim calling from South Korea to apply for your marine job.(네, 좋은 아침입니다. 환경감시선에 자리를 알아보는 한국의 김입니다.)

예상은 했지만, 막상 영어로 답하려니 입술 근육 마비

증과 아밀라아제 과다 생산증이 생겨 목이 막힌다. 긴장해서 떨리는데 발음까지 보잘것없다.

－Hi, Kim. Thank you for calling. But the manager is not in the office yet.(네, 전화 줘서 고마워요. 그런데 어쩌죠. 담당 직원이 아직 출근을 안 했네요.)

진심으로 아쉬워하는 듯한 말투다. 아주 세련되고 매끄러운 응대다.

그 이후는 "다시 전화하겠다", "연결 안 돼 정말 아쉽다", "그러냐? 그럼 꼭 다시 하겠다", "그래, 꼭 다시 전화 달라"며 끝.

나는 다시 두 시간 반을 기다리기로 했다. 점심시간을 앞둔 11시 45분을 노린다. 이즈음엔 사무실에 있겠지. 서울은 오후 6시 45분이다.

－벨렐레레레.

(인사 생략)

－네, 아까 아침에 전화한 한국의 김.

－아, 어쩌죠. 직원들이 지금 회의 중이네요.

이번에도 진심으로 아쉬워하는 듯한 말투이며, 여전히 세련되고 매끄럽다.

그 이후는 역시 "꼭 다시 하겠다", "그래, 꼭 다시 전화 달라"며 끝.

다시 한 시간 반을 기다린다. 점심시간이 끝나고 커피 한 잔 마시는 여유를 배려해서 오후 1시 15분을 노린다. 이때에는 사무실에 없을 수가 없지. 전화를 든다. 서울은 오후 8시 15분이다.

(생략)

–안녕, 아까 전화한 한국의 김.

–아, 어쩌죠. 직원들이 외근 나갔네요.

이번에는 조금 당황한 것 같다. 한 박자 늦은 대답에 '이 자식 정말 끈질기네' 하는 속마음이 엿보인다. 말투는 여전히 진심으로 아쉬워하는 듯하다.

(이하 인사 생략)

오후가 지나길 기다린다. 저녁 11시 45분. 암스테르담은 오후 4시 45분이다. 노동 선진국 네덜란드는 근무 시간이 짧을 수도 있으니 너무 늦지 않은 시간을 택했다. 정말 정말, 진짜 진짜 이 시간에는 사무실에 없을 수가 없지. 전화기를 든다.

(생략)

-안녕, 한국의 김.

-아, 어쩐 일인지 지금 자리에 없네요.

(이하 인사 생략)

나는 이런 일을 하루 네 번, 여드레째 하고 있다. 이제는 전화 교환원과 친밀감이 생겨 대화는 이렇게 바뀌었다.

-벨렐레레레.(신호음)

-그린피스 국제본부입니다.

-안녕, 좋은 아침. 나 킴이야.

-안녕, 킴. 오늘 어때?

-괜찮아. 너는?

-여긴 충격의 도가니야. 터키 해안에서 세 살짜리 시리아 난민 아기 쿠르디의 시신이 발견됐잖아.

-맞아, 나도 뉴스에서 봤어. 정말 슬픈 일이야.

-그렇지. 유럽이 간섭해 시리아 난민이 생긴 건데, 우린 그 난민들을 외면했어. 아무것도 모르는 아기가 죽어서야 뒤늦게 관심을 주고 있지.

(중략. 유럽의 난민 정책에 관한 장황한 이야기)

-그나저나 내가 찾는 직원은?

-어쩌지, 정말 이 친구들은 자리에 붙어 있는 때가 없네.

-응, 알겠어. 다시 전화할게. 바이~

-응, 좋은 오후 보내.

통화는 점점 목적을 잃고 엉뚱한 방향으로 흘렀다. 물론 이미 내 전화번호를 남기고 전화 달라 부탁했다. 돌아오는 연락은 없었다. 내 연락처를 전달했는지, 올바로 적었는지도 확인했다. 문제는 없었다. 담당 직원의 직통 전화번호를 물었지만, 그건 알려줄 수 없다고 했다. 할 수 있는 건 다 했다.

-도대체 뭘까?

-뭐긴 뭐야 '읽씹'이지.

실은 나도 안다. 인정하기 싫을 뿐. 슬슬 나도 지친다. 아무리 결심이 굳다 한들 이런 통화 열흘, '읽씹' 열 번이면 그럴 만도 하다. 이 정도면 눈치껏 '아무리 더 전화한들 직원과 연결해 주지 않겠구나. 하긴, 나처럼 연락하는 사람이 전 세계에 어디 한둘이겠어? 아마 자리가 없는 모양이야. 세상이 늘 내 뜻대로 되지는 않잖아. 내가 원할 때 내 자리가 있기를 바라는 건 욕심이지'라고 생각할 수도 있다. 하지만….

암스테르담
비폭력 평화 시위

　－10월 최저 기온이 영상 7도라고 하니까 침낭에 1인용 원터치 텐트 정도면 충분하겠죠?

　－젊은 양반, 캠핑 쉽게 보면 안 돼요. 어디든 바닥 매트는 기본으로 있어야 하고, 일교차가 클 테니 방수포도 있어야죠.

　－그래요? 제가 캠핑은 잘 몰라서요. 빨간색이나 주황색 텐트도 있죠? 주변에 가로수랑 풀이 많고 건물이 담갈색 콘크리트니까 이런 색이 눈에 띄거든요.

　－무슨 말이요? 콘크리트 건물이라니? 캠핑을 어디로 가길래?

-아, 저요? 암스테르담이요!

　인제 와서 글로 옮기니 허무맹랑하게 들리지만, 이건 내가 종로5가 등산용품 상점에서 나이 지긋한 사장님과 나눈 대화다. 멋대로 세운 내 2단계 계획은 바로….

　'암스테르담 그린피스 본부 방문'

　또는 '그린피스 본부 읽씹 항의 방문'

　또는 '그린피스 본부 채용 요구 노숙 시위'

　'읽씹'이 열 번이면 지칠 만하다고? 아니다. '읽씹'이 열 번이면 전략을 바꿔 다시 덤빌 때다. 이건 감정의 문제가 아니라 앞으로의 삶을 어떻게 채우느냐가 걸린 일이기 때문이다. 내 기필코 수십 번 통화 시도에도 연결되기 힘든 직원을 직접 만나 뜨거운 눈빛으로 바라보며 "내가 너를 얼마나 만나고 싶었는지 아느냐?" 말하고야 말 테다. 전화기만 붙잡고 있느니 이렇게라도 하는 게 속 편하다.

　샤갈은 서슬 퍼런 시절 탄압받던 유대인 신분으로 허가증도 없이 무작정 상트페테르부르크로 떠나 위대한 화가로 성장했다. 지금 나는 조금 무모할 뿐, 샤갈처럼 법을 어기는 것도 아니잖은가. 일이 잘 안 되더라도 할 수 있는 데까지 해보는 편이 미련 없다.

물론 나도 상식이 있는 사람이니 처음부터 건물 앞에서 엉뚱하게 텐트를 펴고 생떼를 부릴 생각은 없다. 침대가 있는 멀쩡한 호텔에서 잘 거다. 그렇지만 그럴 장비를 챙겨는 보는, 챙겨보기는 하는 거다. 최악의 경우 그래야 할 상황이 올 수도 있을 수도 있지 아니하지 아니할 수 있지 않은가.

나중에 알게 된 사실은, 이건 대단히 그린피스다운 계획이었다는 것이다. 비폭력 평화 시위. 그린피스의 대표 행동방식이다. 의도치 않았지만 그들이 행동하는 방식으로 그들에게 내 목소리를 전달하는 계획이었다. 대견하다. 이런 방법을 나 스스로 생각해 내다니. 진짜 노숙을 했더라면 그린피스에 영원히 남을 사건이 됐을 것이다.

당시 나는 9개월 동안 화물선에서 항해사로 일하고 돌아와 3개월 휴가를 보내고 있었다. 가끔 경제 뉴스에 나오는 커다란 컨테이너선이나 유조선 같은 상선 말이다. 전 세계를 유랑하고 싶어 부산에서 뒤늦게 교육받고 스물아홉 살부터 항해사가 됐다. 여기저기 바삐 다닌 사이 5년이 지났다. 그사이, 나도 모르게 통장이 두둑해졌다. 한마디로 나는 휴가 중이어서 시간이 많았고, 어느 정도 경제적 여유도 있었다. 하고 싶은 일을 위해 암스테르담 정도는 훌쩍 가볼 만했다.

늦은 밤 책상 앞에 앉아 그린피스에 보낸 자기소개서를 보며 나를 돌아보고 생각을 정리했다. 보면 볼수록 내세울 것 하나 없는 그저 그런 나. 길에 떨어진 십 원짜리 동전처럼 아무도 거들떠보지 않는 흔한 존재. 세간의 기준으로 설명하자면 서울에서 멀리 있는 대학을 평균 학점 2.99점으로 겨우겨우 졸업한 어디 하나 내세울 것 없는 남자가 늦은 밤 책상에 앉아 국제기구 그린피스에서 일하는 꿈을 꾸며 혼자 피식피식 웃고 있었다.

그린피스 선박이 고래를 보호하기 위해 포경선과 대치하고 남극 유빙 사이를 지나는 장면을 인터넷 동영상으로 보며 내가 거기 있는 상상을 했다. 아득히 멀지만, 기분 좋은 꿈이었다.

사실 지원을 결심할 때 그린피스의 근무 조건은 전혀 몰랐다. 물론 일을 통해 돈을 버는 건 중요하다. 하지만 돈을 위해 일하기보다는 좋아하는 일을 하다 보니 돈을 버는 편이 축복이다. 배를 타고 전 세계를 구경하다 보니 어느새 조금은 여유가 생긴 지금처럼 말이다.

─곧 일등 항해사로 진급하면 연봉이 오르고 경력도 차

곡차곡 쌓일 텐데, 갑자기 시민단체에서 일하겠다니….

벌써부터 동료들의 혀 차는 소리가 들리는 것 같았다. 이제 좀 넉넉해졌으니 배 타는 일을 그만두는 게 어떠냐는 어머니의 바람과 반대로 더 위험한 배를 타겠다니. 어머니의 한숨 소리가 귓가에 선하다.

실은 우리 가족 넷이 평생 방 두 칸 집에서 살았다. 배를 타고 모은 돈을 보태 서른이 훌쩍 넘어서야 내 방이 생겼다. 어머니의 말이 이해가 안 되는 건 아니다. 어쩌면 이건 나와 가족의 불투명한 미래를 담보로 잡은 일인지도 모르겠다. 하지만 나는 그만큼 지구 곳곳을 다니며 환경 문제에 맞서는 이 일에 강한 끌림을 느꼈다. 그 시간은 돈으로 살 수 없으니까.

-대학 가거든 여자 친구 만나고 흥청망청 놀기도 해. 지금은 아니야.

-지금 하는 거랑 나중에 하는 거랑 어떻게 같아요.

학창 시절에도 나는 그랬다. 내겐 늘 지금이 가장 중요했다. 시험 기간에 친구들과 모여 기타를 연습했고, 수험생 시절에 연극 공연을 준비했다. 그런 탓에 변변찮게 사는지 모르겠지만, 난 지금의 내가 좋다. 돈에 매여 젊은 시절에 할 수 있는 재미있고 의미 있는 일, 가슴 뛰게 하는 일을 포기하고 나중에 후회하고 싶지는 않다.

    그런 복잡다단한 생각을 머릿속 한구석에 몰아넣고, 나는 캠핑 장비인지 노숙 시위 장비인지 하는 것들을 하나씩 사들이기 시작했다.

난 준비됐어요

살다 보면 삶이 내게 뜻하지 않게 미소를 보낼 때가 있
다. 계절이 바뀌어 꺼낸 겨울옷 주머니에 만 원짜리 한 장
이 있다든지, 약속에 늦은 날 건널목 신호가 마침맞게 초
록불로 바뀐다든지, 겪어보지 않았지만 잊고 있던 주식이
별안간 오른다든지, 역시 겪어보지 않았지만 무심코 산
복권이 3등이라도 당첨되는 식으로 말이다.

그날은 평범한 나날의 어디쯤이었다. 정말 무료해서 뜬
금없이 우박이라도 한 대 맞고 싶은 심정이었다. 하도 심
심해서 화물선에서 9개월을 같이 보낸 동료 선원을 만나
러 나갔다. 이건 휴가 나온 군인이 서울에서 군 동료를 만

나는 격이랄까. 노량진 육교 근처 커피집에서 남자 둘이 무료하게 앉아 호로록 커피만 들이켜는데, '딴따단따단' 정말 고맙게도 휴대전화 벨이 울렸다. 이런 어색한 때에 누가 나를 찾아주나 반가워서 전화기를 꺼내 보니 발신지가 네덜란드다.

　-화물선 동료 중에 네덜란드에 기항한 사람이 있나?

　-보이스피싱 조직이 중국을 넘어 네덜란드까지 간 모양인데?

짧은 순간에 여러 생각이 몰려왔다. 보이스피싱 조직이면 어떻게 약 올릴까 생각하며 통화 버튼을 누르니 뜻밖의 목소리다.

　-Hello, Mr. Kim? This is Greenpeace International. (안녕하세요, 미스터 킴? 그린피스 국제본부입니다.)

이게 뭐야? 숨은 진작 멎었고, 가슴이 두방망이질을 쳤다. 교통사고처럼 불쑥 일어난 일이었다. 나는 이때 난생 처음 시간이 2초쯤 멈추는 희귀한 경험을 했다. 정신을 부둥켜 잡고 온몸을 조아리며 답했다.

　-아, 옛쓰, 옛쓰. 디쓰 이즈 김연식. 아, 굿 모닝, 아…. 굿 모닝…. 땡큐, 땡큐 포 콜링.

초라한 몇 가지 영어 단어가 겨우 입 밖으로 튀어나왔다. 그린피스 본부 선원 채용 담당 직원이었고, 아주 부지런하게도 이른 아침 10시에, 번번이 자리에 없던 그 직원이 드디어 내게 전화한 것이다. 어찌 될지는 아직 모르지만, 연락이 닿았다는 사실이 감격스러웠다. 회의 중에 전화하는 건지 여러 목소리가 내게 말을 걸었다. 정신없는 나는 연신 "옛쓰, 옛쓰"만 반복했다.

당황해서 목소리는 커지고, 상대방 목소리는 감이 멀어 무슨 말인지도 모르겠고, 내 영어 발음은 후지고, 옆에 있는 카공족들은 안 듣는 척하며 듣는 것 같고, 그렇다고 통화를 미룰 수도 없었다. 부끄럽고 다급하고 난처하지만, 행복한 순간이었다.

그런데 그게 끝이 아니었다. 정신을 가다듬을 새도 없이 생각지도 못한 질문이 이어졌다.

-캠페인을 하다 보면 배에 갇히거나, 경찰에 수갑을 차고 연행되거나, 심지어 오랫동안 교도소에서 지낼 수도 있습니다. 괜찮겠어요?

별안간 생각이 멈췄다.

-수갑. 교도소.

두 단어가 깜깜한 머릿속에 폭죽처럼 팡팡 터져 오르더

니 사라지지 않고 떠다녔다. 짧은 사이 영화에서 본 외국의 음산한 교도소가 떠올랐다. 온몸이 문신으로 덮인 거구의 남자들이 으르렁거리는 야생 세계. 나는 순식간에 영화 속 음침한 방구석에 쭈그린 나약한 신입 죄수가 되었다. 수컷1의 주먹 한 방에 말라깽이 죄수2는 탁자 너머로 날아가 바닥을 뒹군다.

–우당탕탕. <u>으으으으으아</u>….

남자는 다시 일어나지 못하고 안쓰러운 신음만 낸다. 말도 안 통하는 나는 분명 고개도 못 들고 쭈글이가 돼 있겠지. 장난기 가득한 고양이들에 둘러싸인 생쥐, 생쥐, 생쥐…. 소도 때려잡을 것 같은 커다란 손바닥이 내게 날아오는 장면이 눈에 선했다. 정신이 번뜩했다.

실제로 그린피스 선원들이 감옥에 오래 갇힌 일이 있다. 2013년 9월 그린피스 환경감시선 중 하나인 아틱 선라이즈호는 러시아령 북극해에서 석유 시추선에 접근해 시추 반대캠페인을 벌였다. 꽁꽁 얼었던 곳이지만 지금은 녹아 열린 북극해로 진출하는 석유 기업을 막으려는 시도였다. 시추선에서는 그린피스 선원들에게 물대포를 쐈고, 출동한 러시아 해군은 허공에 기관총을 쏘며 위협했다.

선원들 이마에 총을 겨누기도 했다. 헬기를 타고 아틱 선라이즈에 오른 러시아 특공대 '코만도'는 선원들을 거칠게 제압하고 교도소로 끌고 갔다. 러시아 국영 석유 기업인 가스프롬Gazprom의 해상 원유 시추선을 상대로 해적 행위를 한 혐의다. 아틱 선라이즈호 선원과 활동가 서른 명은 그해 12월까지 두 달간 러시아 무르만스크의 차가운 감옥에 갇혔다. 나를 액티비스트로 임명한 피트 선장이 거기 있었다.

－같은 캠페인을 다시 하라면 주저하지 않겠지만, 정말이지 감옥은 다시 가고 싶지 않다.

피트 선장의 말이다. 타국의 감옥에 가는 일은 우리가 상상하는 그 이상으로 힘든 일이 분명하다.

아틱 선라이즈호는 2014년 11월 스페인 카나리아 제도에서 석유 기업 렙솔Repsol사의 시추 반대운동을 벌이다 억류되기도 했다. 선원과 활동가 두 명이 스페인 해군의 고속정에 받혀 바다에 빠지고 다리가 부러졌다. 어디 그뿐이랴. 1980년에는 레인보우 워리어호가 스페인 해군에 5개월간 구금됐고, 1996년 같은 배가 프랑스 해군에 나포되기도 했다. 나열하자면 끝도 없다.

어안이 벙벙했다. 이미 인터넷 동영상으로 선원들이 위

험에 처할 수 있다는 걸 알고 있었지만, 그때는 남의 이야기일 뿐이었다. 내가 현장에 있다면 이야기는 달라진다.

–나는 아직 채식도 받아들이기 힘든데…. 생각할 시간을 좀 달라고 할까? 아니야, 이게 마지막 기회일 수도 있어. 언제 다시 이 사람들과 연락이 닿겠어. 아니 그래도 다치면… 아픈데…. 감옥에 가는 건 좀 겁나는데….

머릿속에서는 광풍이 몰아쳤다. 하지만 나는 이런 복잡한 고민을 영어로 옮길 능력이 없었다. 내 입은 실제 의지와는 달리 지원서를 쓰다 익숙해진 영어 문장을 결연한 목소리로 내뱉었다.

–It doesn't matter. I have a solid determination.

(문제없어요. 난 준비됐어요.)

지구는 영원할까

내 솔리드한 디터미네이션에 감동했는지, 그길로 일은 착착 진행됐다. 다음 날 아침 일찍 병원에 가서 매우 특수한 선원 특수 건강 검진을 받았다. 숫자 5를 '오'라고 읽고, 오른쪽에서 소리가 들리면 오른쪽 단추를 누르는 초정밀 검사다. 얼마 후 승선 가능 도장이 찍힌 특수 검진 결과와 항해사 자격증을 이메일로 암스테르담에 보냈더니, 답장에 비행기 티켓과 함께 주소 한 줄이 왔다.

Ottho Heldringstraat 5, 1066 AZ Amsterdam, Netherlands.

이 주소로 수요일 오전 9시 이후에 오세요.

영화 〈007〉 시리즈나 〈미션 임파서블〉에서 주인공이 받는 첩보 지령처럼 아주 간단명료한 메시지다. 영화 속 분위기를 떠올리며 다시 한번 읽어봤다. 정말이지 이건 비밀 지령이 아닐 수가 없다. 인터넷 지도로 주소를 검색해보니 그린피스 본부는 맞는데, 간판도 없는 황량한 골목이다.

가만 생각하니 이상한 게 한둘이 아니다. 얼굴도 모르는 사람의 전화를 받고 병원에 가서 받은 건강 검진. 이메일로 덩그러니 온 항공권. 암스테르담 외곽의 간판도 없는 어느 건물. 내가 단단히 속고 있는 건 아닌지 모르겠다. 게다가 암스테르담 사무실 위치 설명이 택배 주문보다 간단하다니. 이 직원에게 서울과 암스테르담의 거리는 옆 동네 어디를 찾아가는 정도인 모양이다. 정말 놀라운 국제 감각이다.

어쨌든 시간이 없었다. 지령을 받자마자 부랴부랴 짐을 쌌다. 제임스 본드처럼 반짝이는 구두를 신고 싶지만, 승선은 일주일 여행이 아니다. 바리바리 짐이 많다. 옷과 수건, 세면도구는 물론 손톱깎이와 반짇고리까지 꼼꼼히 챙겼다. 음식 걱정에 고추장과 된장, 마른 김 같은 반찬도 넣었다. 어머니는 가장 소중한 김치를 작은 통에 담아주

셨다. 챙기다 보니 짐의 절반이 음식이다. 항공권, 암스테르담 공항 출입국 심사관에게 제출할 그린피스의 신원 보증서를 종이로 출력해 넣는 것도 잊지 않았다.

새벽 1시 5분 비행기다. 늦은 밤 양손에 무거운 짐을 끌고 집 앞에서 버스를 탔다. 비밀 지령 하나만 믿고 떠난다. 설렘 반 의심 반이다. 갈아탄 공항 전철은 한산했다. 승객은 나와 반대편에 앉은 남자뿐이다. 서로 눈을 마주치지 않으려 부단히 애쓰다 창밖을 봤다. 전철은 디지털미디어시티역을 지나 우리가 노을공원, 월드컵공원, 하늘공원이라 부르는 난지도 쓰레기산을 지나쳤다.

난지 한강공원을 지날 때마다 생각한다. 1978~93년을 소비의 주축으로 산 우리 앞 세대는 여기에 쓰레기 9천200만t을 쌓아 높이 95m짜리 거대한 쓰레기산 두 개를 만들어 냈다. 땡큐. 정말 고마운 유산이다. 덕분에 우리는 주말에 그 위에서 캠핑하고 억새밭에서 사진 찍으며 추억을 쌓을 수 있게 됐다.

9천200만t이라는 숫자가 너무 커서 피부에 와닿지 않는다면 주변에서 흔히 보는 1t 택배 트럭 9천200만 대를 생각하면 된다. 아직도 감이 안 온다. 이 트럭의 범퍼를 앞뒤로 붙여 세워놓으면 서울에서 부산을 천 번도 넘게 갈 수 있다. 세상에. 난지도에 있는 쓰레기를 우리 국민 모두 나눠 가지면 한 사람당 택배 트럭 두 대 분량을 집에 놔야 한다. 4인 가족이면 여덟 대다. 이건 난지도 쓰레기에 한정한 이야기다.

이윽고 전철은 북청라역에 닿았다. 우리가 야생화단지 드림파크라 쓰고 수도권 쓰레기 매립지라 부르는 곳이 창밖에 보인다. 오늘을 사는 우리는 난지도보다 아홉 배 넘게 큰, 단일 규모 세계 최대 쓰레기산을 인천에 만들고 있다. 이 쓰레기산은 나를 포함한 서울, 경기, 인천 시민들 탓에 해마다 350만t씩 자라나고 있다. 충분히 괴로울 테니 350만t을 풀어 설명하지는 않겠다.

나는 이 쓰레기 문제를 어떻게 해야할지 모르겠다. 난 그저 장바구니를 들고다니거나 분리수거하는 데 조금 깐깐한, 보통 시민일 뿐이다. 하루 1만t씩 쌓이는 저 쓰레기산은 누가 만들었으며 그 끝은 어떻게 되는 걸까?

아무것도 모르지만 한 가지 확신은 있다. 아주 먼 훗날 우리의 후손은 우리가 남긴 거대한 쓰레기산을 보며 이렇게 말할 것이다.

-2000년대 초반 우리 조상은 한 사람당 쓰레기를 1년

에 336kg씩 만들었습니다. 수천만 명이 그 쓰레기로 여기 커다란 산을 만들어 우리에게 고스란히 남겼죠. 뭐 이런 경우 없는 사람들이 다 있을까요?

　-맞아요. 부끄러운 조상입니다.

　맞다. 나도 부끄럽다. 나를 포함한 모든 사람은 가해자다. 진짜 피해자는 지구다. 백화점과 대형할인점, 온라인 쇼핑몰에서는 이중, 삼중, 사중으로 제품을 포장한다. 국가는 방관하고, 기업과 소비자들은 그걸 '좋다'고 여긴다. 정말 이게 좋은가? 이대로 좋은가? 왜 우리는 우리보다 오래 남아 내내 지구를 괴롭힐 플라스틱을 이리 쓰는가. 이건 언젠간 끝날 비극이다. 우리는 지속가능하지 않은 방법을 당연한 듯 유지하고 있다.

　모든 인간은 죽는다. 지구는 영원하다. 사람은 100년을 살기 힘들다. 억천 만겁 지구 나이에 100년은 눈 깜빡할 시간보다 짧다. 우리 앞 세대는 영원히 살 것처럼 난지도를 만들고 사라졌다. 지금 우리는 영원히 살 것처럼 수도권 매립지에 쓰레기산을 만들고 있다. 그 위에 공원과 골프장을 만들고, 쓰레기에서 나오는 메탄가스로 열 병합 발전을 한다고 해서 쓰레기산을 반길 후손은 없다.

쓰레기 문제. 신문지로 대충 덮어놓은 문제. 거기 문제가 있음을 알지만 아무도 끄집어내고 싶지 않은 문제. 이 불편한 진실을 건드리고 싶은 사람은 아무도 없다. 그래서 언론도, 시민단체도, 정부도 끄집어내지 못한다. 이건 내 문제이자 모든 우리의 문제이기 때문이다. 남을 향한 비난을 그리 쉬우면서 자기반성은 이토록 어렵다. 그러니 지금 보기 싫다고 대충 덮어놓은 문제는 모두 눈감은 사이 저기 뒤통수에서 종양처럼 자라나고 있다.

전 세계 환경 문제가 어쩌니 하며 암스테르담에 가면서 보았다. 환경 문제는 우리 집 쓰레기통에도 있다는 걸.

초록 깃발과
컴포트석

암스테르담에 도착했다. 유난히 지옥 같은 열한 시간 비행이었다. 그 시작은 인천 공항 항공사 등록대였다.

 -환영합니다. 혼자세요? 마침 컴포트 이코노미석에 한 자리가 있네요. 이 자리 괜찮으세요?

 -컴포트 이코노미석? 컴포트석? 편안하다는 뜻의 'Comfort'를 말하는 거겠지? 일반석보다 조금 나은 자리 같은데? 열한 시간 비행이면 좀이 쑤실 텐데 잘됐다.

 거부할 수 없는 제안이었다. 아니, 한 번도 이런 일이 없었는데 이게 웬 횡재냐 싶었다.

 -고맙습니다. 정말 고맙습니다.

연신 감사를 표하고 비행기로 향했다. 출발부터 기분이 좋다. 한결 가벼운 발걸음으로 비행기에 올라 컴포트 이코노미석에 들어갔더니, 세상에나, 어쩌면 당연한 말인지 모르지만, 컴포트석은 특별히 컴포트함이 필요한 사람들로 가득했다. 그건 다름 아닌 갓난아기들. 비행기에 탄 아기는 전부 컴포트석에 모여 있었다.

그 한가운데에 있는 빈 좌석 하나. 그게 내 자리라는 예감은 틀리지 않았다. 우쭈쭈 아이를 달래는 부모들의 긴장한 목소리에서 이제 우여곡절의 시간이 왔다는 걸 직감했다. 아기들의 옹알이가 덤프트럭 시동 소리 같았다. 자, 이제 시작이라고.

컴포트석의 컴포트함에도 불구하고 아기들은 출발 전부터 기대에 차 울었고, 비행기가 굉음을 내자 굉음을 내며 울었고, 고도를 높이니 고음으로 울었고, 밥을 먹자 힘내어 울었고, 화장실에 가니 시원하게 울었고, 불을 켜니 밝게 울었고, 불을 끄니 무섭게 울었고, 잠들려니 영원히 잠들고 싶게 울었다. 심지어 꿈속에서도 나는 아기들의 꿈같은 울음소리를 들었다. 한마디로 내내 울었다. 아이들은 협력해서 울다 당직제로 번갈아 울며 열한 시간 직항 논스톱 크라이 기록을 달성했다.

열한 시간 비행은 그 자체로 피곤한 일이 분명했고, 아기 합창단과의 비행은 더욱 그러하다. 나는 반쯤 정신이 나가서 암스테르담에 도착했다. 이쯤에서 네덜란드 사람들의 사고 구조에 문제의식을 느끼지 않을 수 없다. 흡연 구역은 흡연자보다 바깥의 비흡연자를 보호하기 위해 만든 것처럼, 네덜란드 항공이 말하는 컴포트석은 거기 앉은 승객이 컴포트한 게 아니라 다른 칸에 있는 승객의 편안함을 위해 만들어진 게 분명하다. 아기들을 한자리에 모은다는 무시무시한 계획과 함께…. 그러니까 항공사는 컴포트 대신 적절한 단어를 찾아볼 때다. 지옥의 컴포트석이나 악마들의 합창석 같은.

암스테르담 스히폴 공항에 도착하자마자 지옥의 컴포트석을 뛰쳐나온 나는 유럽의 첫 관문, 공항 출입국 심사대로 향했다. 커다란 유리창 너머 덩치 큰 남자 둘이 여권을 엄격한 눈빛으로 살피고 도장을 찍었다. 비행기에서 내린 승객들은 유순하게 그 앞에 줄을 섰다. 입국 심사는 순조로운가 싶더니 내 앞에 있는 중국인 청년에게서 오래 멈췄다. 출입국 심사관은 남자의 여권을 뚫어져라 쳐다보다가, 얼굴에 가까이 대고 한참 자세히 보다가, 다시

맨 앞 장부터 보다가, 중국인 남자를 째려보다가, 남자가 내민 문서를 의심스러운 표정으로 읽다가, 청년에게 뭐라 질문했는데, 이 중국인은 영어를 한 마디도 못했다. 그러자 심사관은 어디로 전화를 걸었고, 순서를 기다리는 사람들은 웅성웅성 술렁이기 시작했다. 심사관 앞에 선 청년은 판결을 기다리는 죄인처럼 어깨를 웅크렸고, 덩달아 그 뒤에 줄 선 나도 괜히 어깨가 움츠러들었다. 불행하게도, 정말 불행하게도 그 중국인은 연락받고 온 키 큰 직원 두 명 사이에 끼어지더니 두꺼운 철문이 달린 방으로 들어가고야 말았다. 철문이 철렁 닫히고, 내 가슴도 철렁 내려앉았다.

이제 내 차례. 나는 공연히 기가 죽어 그린피스에서 보낸 신원 보증서를 먼저 내밀었다. 심사관은 여권을 보더니 죄다 알고 있는 것처럼,

-선원이에요?

하고 물었다. 나는,

-네? 네. 그… 그린피스에서 일해요.

긴장한 탓에 나는 쓸데없이 묻지도 않은, 또 아직 채용되지도 않은 그린피스 이름을 사족으로 달았는데, 심사관은 관심도 없는 듯 내 말이 끝나기도 전에 입국 허가 도장

을 '쾅' 찍었다. 괜스레 망신스러워 여권과 보증서를 돌려받고 줄행랑쳤다.

그길로 암스테르담의 유명하다는 미술관과 추로스집과 아이스크림 가게를 지나 그린피스 본부에 도착했다. 내가 지나온 길에는 안네 프랑크의 집과 하이네켄 박물관, 반고흐 미술관 같은 곳이 있었다. 바람은 차고 길은 관광객으로 북적였다. 암스테르담은 관광지의 설렘으로 가득했다. 난 그 모든 걸 광화문 이순신 장군 동상 앞을 걷듯 무심하게 지나쳤다. 내게는 더 큰 설렘이 있지 않은가.

이메일로 알려준 한 줄짜리 주소만 보며 길을 찾았고, 그 건물 앞에 도착했다. 유럽은 대부분 옥외 광고물 규정이 엄격해서 우리나라 상가처럼 간판을 덕지덕지 달지 못한다. 건물 앞에 매달려 나부끼는 자그마한 초록색 그린피스 깃발 하나가 내가 제대로 찾아왔음을 알려줬다. 한동안 그 깃발을 멍하니 올려봤다. 실은, 선뜻 발이 떨어지지 않아 시간을 끄는 거다. 아는 사람 하나 없는 사무실에 불쑥 들어가는 일에 흥미를 느끼는 사람은 세상에 없을 것이다. 거침없이 문 앞까지 왔는데, 슬슬 긴장되기 시작했다. 건물 옆 구석진 자리에 서서 숨을 골랐다. 이제 정말 시작이다. 지난 몇 달이 머릿속에 그림처럼 스쳤다.

　-내가 어쩌다 혼자 여기 암스테르담까지 오게 됐을까?

　엉뚱하고 신기한 시간이었다. 별안간 내 마음에 찾아
온 그린피스, 레인보우 워리어 키친맨 봉사, 매일 암스테
르담에 전화를 건 열정과 집착, 기적처럼 되걸려 온 전화,
온통 거짓말같이 믿을 수 없다. 내가 이렇게까지 행동할
줄은 몰랐다. 나는 단지 흘려보내는 삶을 살고 싶지 않을
뿐이다. 생각을 정돈하니 길이 보이기 시작했다. 항해사
면허로 할 수 있는 의미 있는 일. 의미 있는 항해. 환경감
시선의 안전을 지키는 항해 길잡이. 답은 그린피스 항해
사였다.

　약간의 욕심과 조금 과한 집착, 그리고 고마운 행운이
겹쳐 오늘에 닿았다. 건물 앞 평평한 바닥을 발로 쓱쓱 훑
었다. 어쩌면 지금쯤 내가 노숙할 뻔한 장소다. 바람이 생
각보다 차다. 진짜로 노숙하지 않은 게 얼마나 다행인지
모르겠다.

　2층에 있는 사무실로 들어가려는데 문이 잠겨 있다. 벨
을 누르자 직원이 답했다. 목소리가 익숙하다. 문득 장난
기가 발동해 전화로 수십 번도 넘게 한 그 말을 읊었다.

-Hi, Good morning. This is Kim calling from South Korea to apply for your marine job.(좋은 아침입니다. 환경감시선에 자리를 알아보는 한국의 김입니다.)

당황했는지 잠시 정적이 흐르다 문이 열렸다. 안으로 들어가니 나와 2주간 전화로 데이트한 그가 밝게 웃고 있었다. 교환원은 밝은 노랑 긴 생머리에 검정 뿔테 안경을 낀 50대 후반 여성이었다. 서로 활짝 웃었다.

-킴, 어서 와요. 환영해요.

-결국, 우리 이렇게 보네요.

2015년이었다. 코로나 19 돌림병이 생기기 전의 세상은 퍽 아름다웠다. 그는 내게 팔 벌려 포옹을 제안했다. 하고 싶은 말이 머릿속에 밀물처럼 차올랐지만, 영어가, 갓 뎀 잉글리시가 안 나왔다. 가볍게 포옹하고 삼룡이처럼 마냥 헤헤 웃었다.

-우리가 괴짜 하나를 더 찾았어.

익숙한 목소리가 들렸다. 내게 한 줄기 빛 같은 전화를 준 선원 채용 담당자 저스틴이었다. 만나기만 하면 뜨거운 눈빛으로 바라보며 '내가 너를 얼마나 만나고 싶었는지 아느냐?'라고 말하고 싶던 그 직원은 부리부리한 눈매에 징그럽게 키 큰 네덜란드 남자였다. 자유의 도시 암스테르담에서 남자에게 함부로 뜨거운 눈빛을 보내서는 안되겠다 싶었다. 하고 싶던 말이 쏙 들어갔다. 어쨌든 드림스 컴 트루다.

껑다리 저스틴은 손 내밀어 환영한다 말하더니, 별안간 나를 여기저기 끌고 돌아다니며 사무실과 사람들을 소개했다. 그린피스 사무실은 생각한 것보다 따뜻한 분위기였다. 커다란 사무실 전체에 두루두루 빛이 잘 든다. 바닥엔 카펫이 깔려 있어 포근하다. 책상은 각기 다른 자유로운 형태로 여기저기 모여 있다. 그 사이사이에 있는 나무 화분들도 눈에 띄었다. 우리말로 총무, 법무, 미디어, 금융회계, IT, 대외관계, 캠페인 등 팀이 꽤 많았다.

사무실이 암스테르담에 있으니 직원은 대부분 유럽 거주자이지만 국적과 인종은 다양하다. 인도, 중국, 미국, 영국, 러시아, 불가리아, 라트비아, 태국, 멕시코, 아르헨티나, 남아프리카공화국 등 전 세계에서 온 사람들이다. 그린피스는 직원을 선발할 때 균형과 다양성을 추구한다. 지구 환경 문제는 선진국이나 특정 국가의 시각으로 접근하면 안 되기에 성별과 인종, 피부색, 언어, 출신국 등이 한쪽에 치우치는 걸 경계하기 때문이다.

만일 그린피스에 유럽 사람만 있으면 아시아 국가의 환

경 문제에 그린피스가 가담하는 건 주권 침해나 내정 간섭으로 비칠 수 있다. 또 환경 문제는 나라마다 이해가 달라서 때때로 선진국과 개발도상국 사이, 북반구와 남반구 사이, 이웃 나라 사이 갈등으로 번지기 쉽다.

세계는 나날이 더 깊이 연결되는데, 국제사회의 통제 장치는 취약하다. 특히 환경 문제는 국제기구나 특정 강대국의 (때론 엉뚱하고 빈약한) 지도력에 의존하는 게 현실이다. 성별과 국적, 인종과 언어, 종교, 피부색을 넘어 전 세계 시민이 함께하는 지구 환경운동이 그린피스가 추구하는 방식이다. 사무실 한가운데에는 우리 집 냉장고보다 큰 종이 지구본이 있다. 그제야 내가 그린피스 국제본부에 왔다는 게 실감 났다.

잠깐 의자에 앉으니 나른하다. 짧은 사이 수도 없이 많은 일이 있었고, 그보다 많은 사람을 만났지만 하나도 기억나지 않는다. 오랜 비행 탓인지, 시차 탓인지, 악마들의 합창 탓인지 눈꺼풀이 서서히 내려앉았다. 창가에 비치는 햇살 속에서 지저스 크라이스트와 단군 할아버지가 힘을 합쳐 합창단 악마들과 싸우고 있었다.

─제임스 본드가 늘 쌩쌩한 건 비즈니스석을 타기 때문

일 거야. 적어도 컴포트 이코노미는 절대 아니겠지….

그렇게 비몽사몽 오후 1시 면접 시간을 기다렸다. 내내 쏟아지는 졸음과 싸우느라 영어로 할 말을 준비할 겨를도 없었다. 인도 사람, 네덜란드 사람1, 네덜란드 사람2, 스페인 사람과 작은 회의실에 들어갔다. 면접같이 무거운 분위기는 아니어서 편하게 이런저런 얘기를 나눴다. 하지만 그 '이런저런 얘기'를 소화하기에 영어가 짧은 나는 무슨 말이든 "오케이, 오케이"라고 시원하게 답했는데, 나중에 곱씹어 보니 거기엔 육식과 채식을 비롯해 종교, 언어, 성적 취향, 음주와 흡연 등 문화 다양성에 관한 별별 이야기가 다 있었던 것 같고, 난 그 모든 걸 제대로 듣지도 않고 "오케이, 오케이" 해버렸다. 내 시원시원한 오케이에 그들이 조금 반하지 않았나 싶었다.

그렇게 난 그 자리에서 합격 통보를 받고 그린피스의 일원이 됐다.

처음은 늘 어렵다

첫 통화는 '옛쓰, 옛쓰'로, 면접은 '오케이, 오케이'로 해
치운 나는 그길로 중앙아메리카에 있는 파나마로 향했다.
그린피스 환경감시선 세 척 중 하나인 에스페란자호가 거
기 있다. 멕시코 캠페인을 마치고 칠레로 향하는 길에 태
평양과 대서양을 잇는 긴 수로인 파나마 운하를 통과하는
데, 그 운하 입구에서 잠시 멈추는 사이 내가 승선하는 일
정이다. 그나저나 배 이름이 마음에 든다. '에스페란자'는
스페인 말로 '희망'이라는 뜻이다.

　사흘 사이 한국을 떠나 쌀쌀한 암스테르담, 후텁지근한
파나마까지 지구 반 바퀴를 돌았다. 시차와 피로에 정신

이 멍했다. 제임스 본드는 이런 정신으로 총알을 피한다. 대단하다. 난 갓난아기도 두려운데….

파나마 공항에 도착하자마자 짐을 먼저 확인했다. 나는 피천득의 수필 속 은전 한 닢을 얻은 노인처럼, 아주 조심스럽게 짐을 열어 김치통을 이리저리 꼼꼼히 확인했다. 김치는 안녕했다. 정말 다행이었다. 이국의 낯선 항구에서 김칫국물을 흘리며 다니고 싶지는 않았다. 김치도 비행도 나도 모두 성공적이다. 나는 기쁜 얼굴로 김치를 다시 가방 깊숙이 집어넣고 항구로 갔다.

나루터에서 통통배를 타고 묘박지에 닻을 놓은 '희망이'를 향해 달렸다. 열대 지방의 습한 바람이 코끝에 스쳤다. 멀리 커다란 배들 사이로 작은 초록 점이 보이더니 서서히 커졌다. 키친맨이 되어 처음 레인보우 워리어에 오를 때처럼 긴장이 밀려왔다. 영어. 갓 뎀 잉글리시.

-정신 차리자. 부드럽게 입술 양 끝을 올리고 가벼운 미소, 눈빛은 또렷하게, 목소리에는 적당한 흥분과 반가움을 담고, 힘차게 손을 내밀어 악수하되 손은 느슨하게 잡고 가볍게 위아래로 흔든 뒤, 'th' 발음을 조심해서 "암 연식, 프롬 싸웃뜨 코리아"라고 말하는 거야. 싸웃뜨, 싸웃뜨. 그래, 잘할 수 있어!

잠시 후 배에 다가가자 선원들이 난간에 몰려왔다. 신입 죄수를 환영하는 것처럼 호기심 가득한 얼굴이다. 나는 침을 꿀꺽 삼켰다. 사다리를 타고 배에 오르자마자 눈이 마주치는 사람마다 닥치는 대로 인사했다. 갓 상경한 대학 신입생의 어색한 서울말처럼 내 영어는 참담했다.

그러니까 내 인사를 우리말로 옮기자면 "안녕, 내 이름은 김연식이야, 한국에서 왔어. 그런데 너의 이름은 무엇이니?" 하는 식이다. 나는 눈을 시퍼렇게 뜬 사람들과 아무렇지 않은 척지만, 그래서 더 어색한 인사를 나눴다. 웃으며 인사했지만 빠르게 뛰는 내 심장 소리가 들리는 듯했다. 조금만 더 긴장했으면 걸을 때 로봇처럼 직각으로 방향을 틀었을지도 모른다.

에스페란자는 길이 72m, 폭 14m, 2천t급 쇄빙선이다. 그린피스에 있는 환경감시선 세 척 중 가장 크고 빠르다. 물에 잠긴 바닥부터 꼭대기 조타실까지 다섯 층이다. 1984년 폴란드 조선소에서 태어나 러시아 무르만스크항에서 소방선으로 20여 년간 임무를 다한 뒤, 개조를 거쳐 2002년부터 그린피스에서 환경감시선으로 새 삶을 시작했다.

손가락을 접어 세니 지은 지 31년이나 된 배다. 나이가 나와 비슷하다. 그러니까 이 말은 내가 엄마 배 속에 있을 때부터, 유치원에서 첫사랑 짝꿍을 만나지만 이사를 가고, 까닭 모르게 초중고교 내 짝사랑은 다 학교를 옮기고, 기대에 차서 대학교에 가지만 여자 마음은 어렵기만 하고, 2학년이 돼서야 아무것도 모르는 신입생을 꾀지만 금세 내 지질함이 들통나 헤어지고, 내 변변찮음을 아직 모르는 다른 아이를 만났다가 역시나 차이고 또 다음 연애. 군대 갔다 차여서 탈영을 고민하며 엉엉 울고, 대학에 복학해 취업 걱정 속에서 가까스로 연애에 성공하고, 첫 직장에서 일 못한다고 부장에게 구박받고, 그러다 사직하고 여친과도 헤어지고, 백수 되어 혼자 방황하다 '에라 모르겠다' 부산에 가서 항해사 교육을 받고, 5년 동안 질리게 배를 타고, 스토커처럼 메일과 편지, 끈질긴 전화로 매달린 끝에 그린피스에 합류한 서른셋 내 인생 여정만큼 긴 시간이다. 그 세월 속에서 이 배 역시 쉬지 않고 온 바다를 누비며 제 역할을 했다. 나도 짧은 인생 여정에서 수많은 사람에게 차이고 이별하며 나름의 고비를 겪었는데, 이 배는 얼마나 많은 고생을 했을까? 발로 갑판을 쿵쿵 찼다. 철판은 여전히 단단했다.

에스페란자는 그린피스 환경감시선 중 가장 큰 쇄빙선답게 남극 고래보호 캠페인으로 유명하다. 이 배가 환경감시를 시작한 2000년대에 포경은 이미 불법이었다. (국제포경위원회는 1986년에 상업포경을 금지했다.) 그렇지만 포경은 암암리에 여전했다. 문제는, 어떤 나라도 남극에 주권이 없다는 것. 그러니 특정 국가가 나서서 포경을 감시할 수 없다. 자칫 국가 간 분쟁으로 번질 수 있기 때문이다. 이 일에 에스페란자가 나섰다. 각 나라 사람이 고루 승선하고 전 세계 시민이 후원하는 배 아닌가. 세상엔 정부 사이에서 해결할 수 없는 공간이 있기 마련이다. 특히 국경 없는 바다에서는 말이다.

남극 바다에서 포경선과 맞서 싸우던 용맹한 에스페란자라지만 세월 앞에 장사는 없는지, 여러 가지 사소한 불편은 있다. 이 배에서 가장 인상적인 건 특유의 냄새다. 어디든 케케묵은 냄새가 나는데, 이걸 나만 느낀 것 같기도 하고 남들도 아는 것 같기도 하다. 더 큰 문제는, 배에 온 지 며칠 안 돼 이 냄새가 사라졌다는 것이다. 나는 이 냄새와 하나가 되어버리고 말았다.

세면장도 인상적이다. 손바닥보다 큰 샤워실 배수구는 배 밑바닥 바다와 연결되기라도 한 것처럼 늘 그르룽그르

링 소리를 낸다. 종종 배관 어디쯤에서 꾸르륵꾸르륵 물이 나드는 소리도 들린다. 나는 혹시라도 하수가 거꾸로 뿜어져 나오는 건 아닐까 늘 노심초사했다. 소리가 날라치면 샤워를 멈추고 저만치 구석으로 물러나는 게 일상이었다.

레인보우 워리어처럼 이 배 선원들도 각국에서 왔다. 아르헨티나에서 온 선장 다니엘, 독일에서 온 기관장 벤트, 태국에서 온 갑판원 팀 등 선원 스무 명이 있다. 환경 문제를 해결하는데 이바지하자는 뜻을 품고 전 세계에서 모인 사람들이다. 대륙별로 출신이 고르고, 넷 중 하나는 여성이다. 선원들은 보통 3개월간 승선하고 고국으로 돌아가 3개월을 쉰다. 모항인 네덜란드의 발전한 선원법 덕분이다. 선원을 한꺼번에 교대할 수 없어서 기회가 있을 때마다 조금씩 나눠서 바꾼다. 이번에는 나를 포함 넷이 새로 왔다.

배를 운전하는 사람이라고 하면 대개 선장을 떠올리지만 보통 사람들의 추측과 달리 선장은 교장 선생님 같은 자리다. 교사가 교장이 되면 수업을 하지 않고 관리자가 되는 것처럼, 선장이 되면 항해를 놓고 배 전체를 책임진다. 항해는 선장 대신 항해사가 맡는다. 일등, 이등, 삼등 항해사 셋이 각자 여덟 시간씩 하루 스물네 시간 내내 항해를 맡고 배를 돌본다. 이 외에도 기관사, 갑판원, 용접공, 의사 등 각자 맡은 일이 있다. 내 직책은 삼등 항해사다. 오전 8시부터 정오까지, 오후 8시부터 자정까지 네 시간씩 두 번 항해를 맡는다.

─킴, 이건 청소 지원표야. 네가 청소하고 싶은 날에 이름을 써넣으면 돼. 강제는 아니야. 반드시 채워야 하는 횟수나 특정 일에 맡아야 하는 의무도 없어. 자원하는 거니까 부담 갖지는 말고.

내 직책은 항해사인데, 에스페란자호에서 가장 먼저 안내받은 건 청소 당번표였다. 부담 갖지 말라는데, 상당히 부담스러웠다. 이런 방식이 처음인 나는 어찌해야 할지 몰랐다. 사람들이 얼마나 청소를 자청하는지 눈치를 먼저 살폈다. 놀랍게도 빈칸이 없었다. 내 이름을 써넣는 건 쉬운 일이 아니었다.

이런 까닭일까. 배가 늘 깨끗하다. 내 담당, 네 담당이 따로 없으니 전부 내 것처럼 아낀다. 대부분 조직은 관리자가 업무를 지시하고 직원을 감시하는 구조다. 이 구조에 깔린 생각은 직원은 게으름을 피우니 관리자가 통제해야 한다고 보는 것이다. 이러면 관리자는 권위적이게 되고 직원은 점점 제 일만 맡는다. 내 것과 네 것이 분명해진다. 지금껏 내가 일한 화물선은 이렇게 위계가 분명한 전통 조직이었다.

내가 경험한 그린피스는 권한이 관리자에서 구성원에게 이양된 조직이다. 관리자가 지시하거나 통제하지 않고 선원 스스로 일한다. 구성원이 목표를 공유하면 스스로 방향을 잡아 열심히 일하고, 책임과 권한이 생기면 결국 조직을 긍정적인 방향으로 이끄는 혁신적인 의사 결정을 내린다는 인식이 깔려 있다. 에스페란자에서 선장 다니엘이 선원들의 접시를 모아 식기세척기에 옮기는 장면을 처음 봤을 때가 잊히지 않는다. 하마터면 버릇대로 달려가 바구니를 뺏을 뻔했다. 이런 장면을 보는 건 지금도 마음이 편치 않다.

그린피스. 에스페란자. 자율 청소. 모두 낯설다. 처음 승선하고는 한동안 어색함에 어쩔 줄을 몰랐다. 아침에 일어나 낯선 사람들에게 방긋 웃으며 '굿 모닝'인지 '굶었니'인지 인사하는 것도, 청소는 일주일에 몇 번 맡는 게 적당할지, 상급자나 연장자가 허드렛일하는 걸 마냥 보고 있는 것도, 접시에 밥을 담는 것, 젓가락 대신 칼과 포크를 쓰는 것, 쉬는 시간에 모여 나누는 갓 뎀 잉글리시도, 나 혼자만 안 웃는 유머도, 어디 하나 편한 게 없다.

노크하고 바로 문을 열어도 되는지, 아니면 안에서 답할 때까지 기다려야 하는지, 음식을 혼자 먹는 게, 연장자 앞에서 다리를 꼬고 앉는 게, 이성의 어깨나 등에 가볍게 손을 대는 게, 자리를 뜰 때 말없이 사라지는 게 무례하고 기분 나쁜 건지 아닌지 일일이 물어볼 수 없다. 모르니 불편하다.

완전히 새로운 세상이다. 에스페란자 침대에 누워 혼잣말로 속삭였다. 지금부터 이곳에서 남의 말을 쓰고 익숙지 않은 음식을 먹으며 지내야 한다. 내가 자처해서 여기까지 왔다. 아무도 내게 부탁하지 않았다.

도저히 공통점을 찾을 수 없는 전 세계 열다섯 나라에서 온 낯선 사람들. 그리고 유일한 한국인인 나. 에스페란자에 오른 지 얼마 안 된 어느 날이었을까. 고백하건대, 눈을 감았다 뜨면 이 모든 게 꿈이기를, 다시 집으로 돌아가 있으면 좋겠다고 잠깐 생각했었다. 자처한 처음이지만, 처음은 늘 어렵다.

지구온난화와
나 사이의 거리

파나마를 떠나 칠레를 향해 남쪽으로 항해를 시작한 지 이틀쯤 지난 오후였다. 어디서 갑자기 '쿵쿵쿵' 발소리가 몇 번 요란스럽더니 배 전체에 방송이 들렸다.

－고래, 고래, 고래. 선수 우현 1시 방향.

안내 방송이 끝나기 무섭게 여기저기 흥분이 담긴 발소리가 '쿵쾅쿵쾅' 하더니 함성이 들렸다. 궁금해 밖으로 나가자마자 보이는 모습에 탄성이 터졌다. 배 오른쪽으로 커다란 향유고래가 스무 마리도 넘게 보였다. 몸 길이 15m 정도에 앞 코가 절벽처럼 뚝 떨어지는 것이 향유고래가 틀림없다. 몸무게만 40t이 넘는 거대한 포유류, 소설 《모비딕》에 나오는 영험한 그 고래가 눈앞 바다를 헤집고 있었다.

고래도 그린피스를 아는 걸까? (고래 보호는 그린피스의 주요 캠페인 중 하나다.) 배의 엔진 소리는 고래에게 굉장한 소음일 테다. 그런데도 100m쯤 떨어져 배와 나란히 헤엄치고 있었다. 저 바다 아주 깊은 곳까지 잠수해 바다의 비밀을 품고 나오는 신비한 고래와 친구가 된 기분이랄까. 신나는 일이 줄줄이 벌어질 것 같은 예감이 들었다.

그런데 예감은 예감일 뿐이었는지 파나마를 떠난 배가 콜롬비아, 에콰도르를 지나 페루 연안에 접어들자 앞뒤로 흔들리기 시작했다. 훔볼트 해류를 맞기 시작한 것이다. 남아메리카 서안을 따라 북으로 흐르는 거대한 물의 흐름이다. 우리는 강물을 거스르는 연어처럼, 마주 오는 해류를 온몸으로 밀치고 나아가야 했다. 바람마저 반대로 분다. 역조와 역풍 속에서 힘겹게 칠레를 향해 에스페란자의 뱃머리를 고정했다.

배는 파도의 이랑을 타고 위로 솟았다가 고랑으로 푹 꺼졌다. 그럴 때마다 뱃머리에서 부서진 파도가 물보라가 되어 '차르르' 조타실 창문을 때렸다. 에스페란자는 작은 파도에도 출렁였다. 큰 화물선에서는 느껴보지 못한 어지

럼증이 찾아왔다. 내내 머리가 멍하고 속이 더부룩했다. 처음 겪어보는 심한 멀미였다. 밥은 당연히 먹지 못했다. 병에 걸리기라도 한 것처럼 쉬는 시간이면 침대에 누워 시간을 보냈다. 기대에 부풀어 반짝이던 눈빛은 승선 나흘 만에 게슴츠레해졌다. 배라면 자신 있었거늘. 과연 자연 앞에, 아니 멀미 앞에 장사 없다.

열흘을 힘들게 항해한 끝에 우리는 멀리 안데스 산맥의 능선을 희미하게 볼 수 있었다. 배가 도착한 곳은 칠레 중부 항구도시 발파라이소Valparaiso. 서울 옆 인천항처럼 칠레 수도 산티아고Santiago에 접한 이 나라 최대 항구다. 항구 가까이 가자 관광객을 태운 배들이 손을 크게 흔들며 반겼다. 부두에서는 그린피스 칠레사무소 직원들과 우리를 환영하는 피켓을 든 자원봉사자들이 기다리고 있었다. 그린피스 선박을 타고 도착한 첫 항구에서 평생 받아보지 못한 성대한 환영을 받았다. 화물선을 타고 항구에 들어갈 때와 딴판이다. 누군가에게 환영받는 느낌은 가슴을 충만하게 한다.

배의 입항도 공항의 그것처럼 출입국 절차가 있다. 가장 먼저 배에 오른 건 세관, 출입국, 검역소 관리들. 항구에 도착하면 가장 먼저 만나는 현지인이다. 공무원의 태도로 우리는 그 나라 분위기를 점친다. 칠레 사람들은 밝고 활기찼다. 스페인어로 이런저런 농담을 하는지 내내 웃고 떠든다. 기타 줄을 튕기며 신나게 춤추는 남미 사람답다.

놀랍지 않게도 칠레 사람들은 말이 참 많았고, 검사관은 영어가 답답한지 셔츠 첫 단추를 풀더니 스페인어로 수다를 뿜어내기 시작했다. 외딴섬에 있는 감옥에 10년쯤 갇혀 있다가 마침내 사람을 만난 느낌이랄까. 스페인어를 모르는 게 퍽 다행스러웠다.

관리들이 떠나자 그린피스 칠레사무소 직원들이 배에 올랐다. 멀리서부터 요란한 인사가 시작됐다. 일본이든 태국이든 프랑스든 영국이든 나라마다 인사법이 있지 않은가. 이 나라 인사 예절은 어떤지 몰라 뒤에서 유심히 지켜봤다. 반갑게 포옹하고 한 번인지 두 번인지 볼에 쪽쪽 소리 내는 뽀뽀를 했다. 포옹은 꽤 깊었고, 뽀뽀는 약속한 것처럼 정확했다. 어떤 사람은 한 번, 어떤 사람은 두 번 했는데, 그 규칙이 뭔지 짐작이 안 됐다.

-나는 뽀뽀를 몇 번 해야 하지?

열심히 고민을 해봐도 답은 나오지 않았고, 내 순서는

생각보다 빨리 왔고, 와버렸고, 캠페이너 에스테파니아가 오랜 동창이라도 만난 것처럼 세상 반가운 표정으로 내게 팔을 펼쳤다. 나도 팔을 벌려야 하는데 갑자기 팔이 마비된 듯 뜻대로 되지 않았다.

나름 반갑게 웃으며 가까스로 시선을 그의 눈에 고정했다. 부담스러운 마음에 악수를 청할까 싶다가 이건 아닌 것 같고, 그런데 선뜻 팔은 안 펴지고, 표정 관리는 안 되고. 그사이 우리는 포옹을 하고 그가 내게 입으로 소리 내는 뽀뽀를 한 것 같은데, 내가 뭘 한 건지 머릿속은 새하얗기만 했다.

에스테파니아와 인사를 마치자 다음, 또 그다음, 수많은 사람과 포옹했다. 세게 안고, 느슨하게 안고, 가까이 또 멀리 안았다. 코로나 19 돌림병이 생기기 전의 세상은 분명 아름다웠다.

칠레사무소 직원들이 배에 오르자 둥글게 모여 서로 이름과 국적, 직책을 소개했다. 이어 에스페란자가 이 멀리까지 온 까닭, 앞으로 무얼 어떻게 할지 일정을 알리고 질문을 받았다. 내내 어안이 벙벙했다. 낯선 얼굴들, 낯선 이름들, 낯선 지명, 복잡한 영어 대화까지. 사실 뭘 제대로 알아들은 게 있나 싶을 정도였다. 자꾸 "글레이셔, 글레이셔Glacier" 하길래 스마트폰 사전으로 찾아보니 '빙하'라는 것도 말미에서야 알았다.

내게 첫 포옹을 안긴 에스테파니아가 '글레이셔' 사진을 보여주며 사뭇 진지하게 설명을 이어나갔다.

─칠레의 가장 큰 환경 문제는 빙하가 녹는 겁니다.

뜻밖이다. 칠레에 빙하라니. 그의 말을 빌리면, 이 나라에는 안데스 산맥과 파타고니아와 같은 고산지대가 많은 지리적 특성상 만년빙이 2만4천114곳이나 있고, 칠레 빙하의 비중은 남미 대륙 전체 빙하의 82%를 차지한다고 한다.

빙하가 녹아 바다로 흘러가면 해수면이 상승하는 문제는 지구 어디든 마찬가지다. 그런데 칠레 빙하의 문제는 더 심각하다. 칠레 사람들의 삶과 밀접하게 맞닿아 있기 때문이다. 수도 산티아고와 주변 지역은 우기와 건기가 뚜렷해 늘 가뭄이 걱정인 곳이다. 그간 건기를 무사히 보낼 수 있게 도운 건 안데스 빙하였다. 우기에 내린 눈과 비가 안데스 고산지대 빙하에 얼어 있다가, 여름 건기에 녹아 강으로 흘러들었다. 덕분에 강물은 사계절 내내 마르지 않았다. 칠레 사람들의 삶에 이토록 중요한 빙하가 녹아 사라지고 있다.

에스테파니아는 한숨을 쉬며 또 다른 문제를 말했다.

-지구온난화도 문제지만, 그건 간접 원인이에요. 칠레의 빙하를 녹이는 직접 원인은 바로 광산입니다.

칠레에는 광산이 많다. 전 세계 구리의 3분의 1이 칠레산이다. 구리와 금, 은 같은 채굴 금속은 이 나라 한 해 수출액의 절반, 국내총생산의 10%를 차지한다.

탄광은 채굴량을 늘리기 위해 산으로 산으로 영역을 넓힌다. 도로를 놓아 화물차로 석탄을 옮기면 금속 먼지가 바람에 날려 주변이 온통 검게 오염된다. 빙하가 검게 변하면 햇빛을 반사하지 못해 빠르게 녹는다. 금속 먼지를 뒤집어쓴 빙하는 수질오염의 원인이기도 하다. 지구 반대편의 칠레 빙하는 이렇게 기후변화에 자원개발까지 더해져 점점 빠르게 녹아내리고 있었다.

-빙하가 녹아 가뭄이 심해지면 가축이 먼저 죽습니다. 이미 그런 일이 빈번해요. 다음은 산악지대에 사는 원주민이죠. 그다음은 도시의 빈민이 될 거고요. 그러니 광산과 도로의 무분별한 확장을 막아야 합니다.

설명을 마친 에스테파니아는 입술을 굳게 깨물었다. 다른 사람들도 사뭇 진지한 표정이다. 나는 이런 순간에 어떤 표정을 지어야 할지 몰라 어색하게 입술을 굳게 다물었다. 칠레 땅에 발을 딛기도 전에 느닷없이 평생 보지도 못한 빙하를 걱정해야 한다니. 이건 생전 모르던 분의 장례식장에서 슬픈 표정을 짓는 느낌이랄까? 환경 문제가 심각하다는 말을 들었지만, 이 모든 이야기가 실감이 나지 않았다. 사방을 둘러보니 나만 하늘에서 뚝 떨어져 내려온 느낌이었다.

저기에 빙하가 있었다고

발파라이소에 닻을 내린 에스페란자는 첫 주말부터 시민들을 배로 초청했다. 배는 그야말로 문전성시. 토요일 하루 사이 6천여 명이 에스페란자를 찾아왔다. 우리는 시민들에게 그린피스가 왜 발파라이소에 왔는지 설명했다. 시민들은 이미 안데스 빙하가 녹는 문제를 잘 알고 있었다. 이들에게 빙하가 녹는 건 목전에 닥친 환경 문제였다.

　스페인어를 못하는 내가 배에 찾아온 시민들에게 안내해 줄 수 있는 건 없었다. 대신 나는 그 이름도 멋진 안데스 고산지대 빙하 답사단에 끼었다. 사실 환경 문제의 현장에 간다는 비장함보다는 난생처음 빙하를 본다는 설렘으로 길을 나섰다. 차를 타고 산길을 굽이굽이 세 시간쯤 달렸다. 차 안의 분위기는 조금 서먹했다. 무작정 들뜬 나와 달리 그린피스 칠레사무소 환경운동가들은 진지하면서도 상기된 표정이었다.

차창 밖 풍경은 온통 메말랐다. 산에는 나무 한 그루 없이 돌덩이뿐이다. 초록이라고는 종종 보이는 선인장이 전부. 바람이 불면 먼지가 회오리에 감겨 올라간다. 영화 속 화성에 온 것 같다.

도로에는 먼지가 잔뜩 쌓여 있다. 앞차가 먼지를 풀풀 일으키는 바람에 창문을 열지 못했다. 내가 탄 차도 먼지를 일으켜서, 뒤차는 종종 와이퍼를 움직였다. 앞차는 내게, 내가 탄 차는 뒤차에 지옥이었다. 신영복 선생은 한여름 감옥에서 빽빽하게 모로 누워 잠을 잘 때면 옆 사람을 증오하게 된다고 말했다. 환경이 척박해지면 인간은 서로 지옥이 된다.

–지금 달리는 도로 옆 자갈밭은 사실 넓은 강이었습니다. 우기에는 도로 옆까지 물이 차오르는데, 지금은 바닥을 드러냈죠. 가뭄이 얼마나 심각한지 몰라요.

칠레사무소 직원 안드레스가 설명하며 차를 세웠다. 비

탈 아래 계곡 바닥에는 영원처럼 마른 주먹만 한 돌이 깔려 있다. 밟을 때마다 붙어 있던 마른 흙이 가루로 피어났다. 빙하 면적이 줄어 산에서 내려오는 물이 적어진 데다 가뭄까지 겹치는 바람에 이리 말랐다. 오래전에 죽은 물고기가 바짝 말라 있다. 흉하고 척박하다. 멀리 높은 하늘에 이 지역 영물 콘도르가 날아갔다.

가뭄을 설명하는 안드레스의 말투는 꼭 불타버린 제집을 보여주는 사람 같다. 일이 이미 터져버려 돌이킬 수 없다는 절망에 빠진 목소리다. 이 상황을 얼마나 진심으로 안타까워하는지 느껴진다. 마냥 어리둥절한 나와 고개 숙인 안드레스의 감정적 거리는 짐작할 수 없으리만큼 멀었다. 이 처참한 장면을 앞에 두고 내가 어떤 위로를 전할 수 있을까.

세 시간쯤 달린 끝에 칠레 수도 산티아고에서 65km 떨어진 로스 브론세스Los Bronces 광산에 도착했다. 해발 3천 500m 고산지대다. 오는 길이 말도 못 하게 구불구불해서 고개가 양옆으로 이백 번 쯤 왔다 갔다한 것 같았다. 종종 귀가 먹먹해서 침을 꼴깍 삼켰다. 만년설이 쌓인 빙하를 보는 건 쉬운 일이 아니었다.

멀미 나는 차에서 탈출하듯 내려 눈앞에 펼쳐진 광산

풍경을 보는 순간 입이 쩍 벌어졌다. 산을 깎아 만든 어마어마한 골짜기가 보였다. 여의도의 아홉 배나 되는 웅장한 골짜기다. 미국 그랜드 캐니언을 보는 것 같았다. 다만 인공 그랜드 캐니언이다. 인간이 200년 가까이 광물을 파내 생긴 인조물이다.

－거꾸로 세운 거대하고 못난 피라미드 같아….

한탄이 절로 나왔다. 누가 지구를 아름답다고 했는가. 안데스 산맥 깊숙한 곳에서 지구의 속살을 도려내는 광산은 체르노빌 원자력 발전소 사고 현장이나 아우슈비츠 강제수용소처럼 끔찍했다. 다만 누군가의 이익 때문에 세상에 알려지지 않았을 뿐이다.

인천 공항 가는 길에 전철에서 봤던 난지도와 수도권 매립지의 쓰레기산이 떠올랐다. 이 광산과 쓰레기산은 연결돼 있다. 우리는 여기 골짜기를 파내 제품을 만들어 쓰고 거기 쓰레기산에 버린다. '생산-소비-폐기'로 그만인 선형경제는 지속가능하지 않다. 자원 고갈, 에너지 위기, 환경오염 등 수많은 문제를 낳는다. 번영과 편의 앞에는 속살을 드러낸 깊은 골짜기가, 뒤에는 높은 쓰레기산이 있다.

문득 이 거대한 선형경제 속에서 마냥 풍요를 누리는

내가 보였다. 성실하게 일해서 물건을 사다 쓰고 버렸다. 그런데 세상이 황폐해지는 이유는 뭘까? 혹시 우리가 뭘 잘못하고 있는 건 아닐까? 우리가 누리는 풍요와 무절제한 소비주의는 출처가 어디이며 그 미래는 어떻게 되는 걸까? 황폐한 광산 앞에 서니 몰랐던 질문이 쏟아졌다.

나는 그간 의식은 없고 텅 빈 껍데기뿐인 사람을 비난했다. 화려한 명품가방을 들고 쓰레기는 함부로 버리는 사람, 외모는 화려한데 말에는 교양이 없는 사람, 자동차는 멋진데 운전 예절은 모르는 사람들 말이다. 사실 나도 마찬가지 아닐까? 스스로 조금 다르다는 우월 의식을 가졌을 뿐이다. 정도만 다를 뿐, 나 역시 이 황폐한 광산과 우리 쓰레기산의 가해자이니 말이다. 우울한 장면 속 우울한 시간이었다.

시선을 멀리 두니 광산 너머로 하얀 설산, 온통 빙하다. 우리는 그 끝자락에 간다. 이 빙하지대 역시 웅장해서 눈으로는 가늠할 수 없었다. 위성 지도를 보니 안데스 산맥 멀리서부터 여기까지 20km 넘게 하얀 빙하가 이어졌다.

차를 타고 빙하 가까이 갔다. 도로 옆 원래 빙하가 있었다던 곳에는 마른 암석이 널브러져 있다. 30분쯤 걸어 올라가니 하얀 설원이 펼쳐졌다. 30분 거리만큼 빙하가 사라진 것이다. 내내 차고 건조하고 청명한 공기가 가슴속 깊이 들어왔다.

발을 내딛을 때마다 얇은 얼음이 와사삭 뭉개졌다. 탐사대원들은 밧줄을 서로 묶고 앞으로 나아갔다. 얼음에 덮여 안 보이는 구덩이나, 얼음 사이 비어 있는 크레바스에 빠질 수 있기 때문이다.

-파타고니아 지역의 빙하는 법으로 보호받고 있어. 국립공원인 데다 워낙 유명한 관광 자원이라 사람들의 관심을 받지. 여기 안데스 빙하를 보호하는 법은 아직 없어. 험준한 산 한가운데 있고, 아름답지도 않으니 관심이 없지. 산세가 험해 접근하기도 쉽지 않아. 어쩌면 이 빙하 위를 걷는 일이 다시 없을지도 몰라. 몇 년이 지나면 이곳 얼음도 사라질 테니까.

실제로 칠레와 가까운 베네수엘라에서는 산악 빙하의 99%가 녹아 사라졌다. 허탈해하는 안드레스가 안타까웠다. 그 표정을 보고 어찌해야 할지 감을 잡지 못했다. 나는 여전히 청명한 공기와 발밑에서 뽀드득 소리를 내는 새하얀 눈이 신기할 뿐이었다. 나중에 사랑하는 사람들과 같이 오고 싶은 장소임이 분명했다. 가만 생각하니 미래의 내 아이에게 이런 아름다운 순간을 보여주지 못할 거라는 생각이 들었다. 슬픈 일이다.

해발 3천500m 오지에서 할 수 있는 건 많지 않았다. 우리는 이미 수립된 빙하보호 법안을 입안, 심사, 의결해 달라는 내용이 담긴 플래카드를 펼치고 빙하를 배경으로 사진을 찍었다. 어쩌면 먼 훗날 후손들은 이 사진을 보며 저기 빙하가 있었다고 말할지도 모른다.

난생처음 빙하 위를 걷는다며 신나서 떠난 아침이었다. 그러나 나는 종일 안드레스의 무력감이 신경 쓰였다. 그 무력감에 공감하지 못하는 내 모습이 낯설었다. 안드레스와 나 사이의 간극이 불편했다. 내게는 낭만적인 빗소리가 누군가에게는 턱밑까지 차오르는 공포일 수 있다. 처참한 광산의 속살을 보고 나서야, 자갈만 남은 옛 빙하지대를 걷고 나서야, 그리고 곧 사라질 게 분명한 빙하의 안타까운 아름다움 앞에 서고 나서야 칠레 환경운동가의 마음을 조금은 짐작했다.

배 안의
시크릿 산타

칠레 발파라이소를 떠난 에스페란자는 남미 대륙 남쪽 파타고니아 빙하로 향했다. 레오나르도 디카프리오가 출연하고, 또 그가 오스카 남우주연상 수상소감에서 기후변화에 대해 언급해 전 세계인의 박수를 받은 영화 〈레버넌트 Revenant〉도 이 지역에서 촬영했다. 항해하는 내내 눈 덮인 산과 골짜기를 지나 수많은 빙하와 빙하호를 만났다. 인간의 흔적은 없고, 무전기 전파마저 간간이 잡히는 오지다. 여기서 조난이라도 당하면 어찌 될까 상상도 하고 싶지 않았다. 그럼에도 설레는 것은 이 배를 타지 않고서는 평생 가지 못할 곳에 가기 때문이고, 그렇게 미지의 세상을 찾아 나서는 것이 내가 꾸준히 승선하는 힘인 까닭이다.

우리는 그렇게 파타고니아 남쪽 끝, 태평양과 대서양을 잇는 마젤란해협을 조심히 지나 땅끝 도시 푼타아레나스 Punta Arenas에 도착했다. 마침 크리스마스다. 활동가와 선원들은 배에서 크리스마스 파티를 준비했다. 그리고 소소한 이벤트도 열었다. 제비를 뽑아 한 명씩 아무개의 시크릿 산타, 비밀 산타클로스가 됐다. 직접 만든 선물을 준비하는 게 원칙이지만, 사정이 여의치 않으면 10유로 안에서 구입하자고 못 박았다. 소소한 이벤트이지만, 선물을 받는다니 퍽 설렜다. 크리스마스가 은근히 기다려졌다.

크리스마스 이브에 다 같이 모여 익명으로 준비한 선물을 차례로 열었다. 갑판원 빅토리아가 작은 상자를 여니 둥근 돌을 쇳덩이에 붙여 만든 목걸이 펜던트가 나왔다. 빅토리아의 반응이 싱거워 보였는지 삼등 기관사 빅토르는 "파타고니아 빙하 옆에서 주워온 돌로 손수 만든 것 같은데?"라고 말해 바보같이 정체를 드러냈다. 누가 용접공 올렉에게 스웨터를 줬는데, 근육질 몸매에 턱없이 작아 팔꿈치를 구부리자마자 어깨 이음새가 찢어지고 말았다. 올렉의 산타는 정체를 드러내지 않았다. 나는 옷에 박음질해 붙이는 신분증만 한 칠레 국기와 색 줄을 꼬아 만든 열쇠고리를 받았는데, 칠레 사람 중 갑판원 디에고가 얼마 전부터 매듭 묶는 방법을 쓴 책을 읽던 게 떠올랐다. 나는 브라질에서 온 안나에게 철사로 틀을 잡고 한지를 두른 침실등을 선물했다. 한지를 직접 만든 것으로 착각한 안나는 필요 이상으로 감동했다. 정체를 드러내지 못해 눈물 나게 아쉬웠다. 바보들과 보낸 따뜻한 크리스마스였다.

땅끝, 지구 반대편 푼타아레나스의 크리스마스 전야는 그렇게 깊어갔다. 갑판 난간에 기대어 도시를 바라봤다. 멀리 남극에서 불어오는 차고 습한 바람, 황량한 초원. 그 언저리에 자리 잡은 평화롭고 아담한 도시는 어두운 불빛 속에서 잠들고 있었다. 딱 1년 전에 화물선을 타고 지나간 곳이다. 당시에는 내가 여기에 다시 와서 이리 즐거운 날을 보낼 줄은 꿈에도 몰랐다. 내 삶이 생각지도 못하게 흐르는구나 싶었다.

누구를 만나 어떤 일을 하느냐가 삶을 좌우한다고 누군가가 말했다. 좋은 친구들을 만나 서로 돕고 격려하며 행복을 나누는 것, 마음 맞는 동료와 힘을 합쳐 혼자라면 못할 일을 해내는 지금 이 바다 위의 하루하루가 나는 좋다.

물론 이곳도 완벽한 곳은 아니다. 입에 맞지 않는 음식을 먹고, 어설픈 영어로만 말해야 한다. 너무 이른 욕심인지 몰라도, 아직 모든 게 낯설다. 물과 기름처럼 영영 섞이지 못하면 어쩌나 하는 걱정도 든다. 꼭 환경감시선에서 일해서가 아니라 항해사라는 직업인으로 산다는 건 균형 없는 삶을 산다는 말이기도 하다. 퇴근하고 가족이 맞아주는 평범한 가정을 꾸리기는 힘들다. 하지만 다 가질 수는 없다. 외롭고 불균형한 삶이지만 다만 좋은 사람들과 의미 있는 일을 하는 데 감사할 따름이다.

지금의 시간을 정신없이 보내고 나중에 오랜 시간이 지나 돌아보면 아마 이 푼타아레나스의 밤을 기억할 것이다. 각 나라에서 온 친구들과 바보같은 선물을 주고받은 이 밤을 회상할 것이다. 거대한 빙하를 탐사하고 남미의 밀림에 간다. 빡빡한 일정, 정신없는 지금을 마구 즐기자 다짐했다. 배는 다시 아르헨티나 우림을 향해 항해를 시작했다.

콩콩콩

에스페란자호는 아르헨티나 한가운데에 있는 도시 로사리오^{Rosario}로 향했다. 지도를 펴고 남미 대륙 한가운데를 손가락으로 짚어보자. 아마 거기가 로사리오일 것이다. 이 나라에서 세 번째로 큰 도시이자 축구 천재 메시의 고향, 혁명가 체 게바라의 출생지다. 그리고 이 나라 최대 곡물 수출항이기도 하다. 배는 아르헨티나에서 가장 크고 긴 파라나강을 300km나 거슬러 올랐다. 강 하구 부에노스아이레스에서부터 스무 시간 항해다. 밤이, 낮이, 다시 밤이 다가왔다.

파라나강은 야생 그대로다. 강을 따라 듬성듬성 작은

마을을 지나면 몇 시간 동안 불빛 하나 보이지 않는다. 그러면 도시의 불빛에 가려져 있던 별이 환하게 빛을 발하고 사람의 동공은 크게 열려서 사방이 눈에 들어온다.

배가 물길을 가르면 수면에 있던 반딧불이가 깜짝 놀라 하늘로 날아오른다. 별빛 아래 사방으로 흩어지는 반딧불이 떼. 그 아래서 선원들은 탄성을 질렀다. 평생 잊을 수 없는 명장면이다. 가끔 바람에 길을 잃은 반딧불이가 문을 넘어 조타실로 들어왔는데, 손가락으로 조심스레 집어 손등에 얹어도 도망가지 않고 얌전히 엎드려 있었다. 숨 쉬듯 천천히 명멸하는 빛은 아름다웠다. 자연은 이렇게 아름다운 것이다.

강변까지 나무가 울창해서 숲 사이를 날아가는 기분이다. 창문을 열자 아무 데서도 맡아본 적 없는 짙은 숲 향기가 들이쳤다. 선원들은 '음—하— 음—하—' 숨소리를 내며 밀림의 향기에 빠졌다. 불어오는 바람을 들이마시면 등이든 발이든 정수리든 어디론가 빠져나가는 기분이다. 태초의 지구가 이랬을까? 청량한 공기. 그 공기는 갖가지 나무와 풀의 체취로 가득했다. 나는 이 신선한 공기를 아낌없이 들이마셨다. 햇살, 공기, 바람, 하늘. 소중한 건 다 공짜다. 신비한 밤을 가르며 배는 앞으로 나아갔다.

긴 항해 끝에 로사리오가 보였다. 그곳에서 우리를 반긴 건 다름 아닌 커다란 화물선이었다. 밀림 속 작은 마을이라 짐작했는데 생각보다 큰 항구다. 콩을 실으려는 빈 화물선 수십 척이 줄지어 순서를 기다리고 있었다. 여기가 얼마나 크고 바쁜 항구인지 짐작할 수 있었다.

우리가 이곳까지 온 건 밀림에 사는 원주민들을 만나기 위해서다. 국제 곡물기업들은 남미 우림을 밀어내고 유전자변형GMO 콩을 기르고 있다. 원주민들은 이들이 낳은 피해자다. 에스페란자가 도착한 이튿날, 원주민 대표들이 배에 올라 그 피해를 설명했다. 원주민은 영어를 못했고, 나는 그들의 언어를 알아듣지 못했다. 다만 원주민들은 검게 그을은 얼굴과 깊게 팬 주름에 눈썹 사이를 찌그러뜨릴 만큼 슬프고 간절한 표정이었다. 그들의 이야기는 이렇다.

남미 대륙 한가운데 밀림에 사는 위치Wichi 족에게 비극이 일어난 건 2013년이었다. 살타Salta주 지방 정부가 면적이 여의도 30배에 달하는 숲을 곡물 기업이 콩밭으로 개간하도록 허가하고부터다. 숲이 콩밭으로 바뀐 지 얼마 지 않아 주민들이 가려움증을 호소하기 시작했다. 그러다 아이 하나가 숨지기까지 했다. 조사 결과 주민들이 물을 긴는 석호가 농약에 심각하게 오염된 것으로 드러났다.

이후 주민들은 스무 날에 한 번씩 오는 화물차 물탱크에서 물을 받아 쓰기 시작했다. 그러나 위치족이 숲을 개간하는 데 계속 반대하자 지방 정부는 이 물마저도 완전히 끊어버렸다.

중년의 위치족 사내는 이런 말을 열정적으로 토해냈다. 손을 이리저리 흔들며 땀방울이 떨어지도록 흥분에 차서 말을 쏟아냈다. 뜨거운 태양 아래, 그보다 뜨거운 열변이었다. 때때로 티셔츠의 가슴 부분을 움켜잡고 뜯어내는 듯한 동작을 반복하면서 목의 핏대가 곤두서리만큼 힘주어 말했다. 남자에게서 눈을 뗄 수 없었다. 사연 많은 이의 눈빛은 날카로우면서도 애절했다. 스페인어를 모르지만 그의 분노와 슬픔이 가슴에 와닿았다.

증언은 줄줄이 이어졌다. 이런 일은 아르헨티나 원주민 마을 여기저기서 나타났다. 기형으로 태어나는 아이들, 암에 걸리는 주민이 늘어났다. 원주민들은 가만히 앉아서 숲과 물, 그리고 가족을 잃었다.

아르헨티나가 콩을 기르기 시작한 건 아르헨티나 사람들을 위해서가 아니다. 전혀 상관없는 중국의 돼지고기 소비 때문이다. 전 세계 돼지고기의 절반을 중국인이 먹는다고 할 정도로 중국의 돼지 소비량은 높다. 중국 경제가 발전하자 중국 사람들은 돼지고기를 더 많이 먹기 시작했다. 돼지고기 소비는 해를 거듭할수록 점점 늘었고, 이 돼지의 사료를 만들기 위해 콩 수요가 늘었다.

아르헨티나와 브라질, 미국 등 전 세계에서 자란 콩의 3분의 2는 중국으로 갔다. 중국 콩 수입량은 해마다 가파르게 늘더니 2020년에 1억t이 됐다.

생각해 보자. 1억t이면 우리나라 전 국민에게 콩을 2t씩 줄 수 있다. 각자 2t씩 받으면 보관할 곳이 없어서 전국의 길거리마다 콩이 굴러다닐 것이다. 우리 전 국민이 365일 콩밥, 콩조림, 콩나물, 콩과자, 콩, 콩, 콩만 먹는 콩의 민족이 되어도 다 해치우지 못할 테다. 벌써 '콩' 소리만 들어도 심장이 콩콩 뛴다.

에스페란자가 정박한 부두 바로 옆에서는 성벽처럼 높은 거대 화물선에 콩이 폭포수처럼 쏟아져 들어가고 있었다. 거대한 선박과 10초에 1t씩 콩을 쏟아내는 육중한 크레인 앞에 선 원주민 남자는 한없이 작았다. 원주민에게는 마이크가 없다. 그 한복판에서 그들은 육성으로 피를

토하듯 자기가 겪은 일을 증언했다. 남자의 목소리는 멀리 퍼지지 못하고 땅으로 꺼졌다.

하지만 인간 한 명의 목소리는 작아도 그 목소리가 모인다면 울림은 커진다. 에스페란자가 로사리오를 찾은 첫 주말, 소식을 들은 시민 1만8천여 명이 배를 찾아 원주민들의 이야기를 다시 들었다. 이 중 1만여 명이 숲을 보호하는 새 법안을 통과시켜 달라는 청원에 서명했다. 곡물 수출에 의존하는 도시의 시민들이 곡물 기업에 반대하는 건 뜻밖이다. 로사리오 시민들 역시 숲을 보호해야 한다는 데 공감한 것이다.

중국의 발전과 돼지고기 소비 증가, 사료용 콩의 가격 상승, 아르헨티나의 유전자변형 콩 증산, 이로 인한 우림 파괴와 지하수 오염까지. 전 지구적 산업 생태계의 연결 고리 끝에서 엉뚱하게 이곳 밀림의 원주민이 생존을 위협받고 있다.

로사리오에서 여기저기를 많이 다니고, 이런저런 캠페인도 많이 했다. 그렇지만 기억에 남는 건 주름 많은 원주민 남성의 땀 흘리는 열변뿐이다. 세상엔 그런 땀도 있다. 어떤 애절하고 슬픈 땀 말이다. 어쩌면 그 땀보다 그들이 흘린 눈물은 더 많았으리라. 이렇게 물은 아래로 고이고,

농약도 아래로 고이고, 세상 슬픔도 늘 힘없는 이들에게
고인다.

네덜란드 항해학교
관심학생

에스페란자에서 3개월의 첫 항해를 마친 나는 3개월간 휴가를 보내고, 다음 일정은 북극이라는 소식을 듣고 마음의 준비를 하던 차에 엉뚱하게도 네덜란드 북쪽 끝에 있는 작은 섬으로 불려왔다. 테르스헬링^{Terschelling}이라는 이름도 이상한 섬이다. 인천에서 열한 시간 비행, 이어 암스테르담에서 기차로 세 시간, 다시 커다란 여객선으로 40분간 바다를 건넌 끝에야 도착했다. 북극 얼음 사이를 항해하려면 쇄빙 항해 자격이 필요한데, 우리나라에는 이런 교육과정이 없다. 일주일간 이 섬에서 공부했다.

테르스헬링은 여느 네덜란드 마을처럼 산이라고는 하

나 없는 낮고 편평한 섬이다. 바다에서 보면 거북이 등판이 물 밖으로 조금 올라온 것처럼 보인다. 물에 잠길 듯 위태롭다. 이런 마을 한가운데에 엉뚱하게 높이가 54m나 되는 탑이 있다. 이 탑 꼭대기에서 밤새 밝은 빛이 사방을 비춘다. 마을 어디서든 잘 보이고, 심지어 수십 킬로미터 밖 선박에도 빛이 닿는다. 북해를 항해하는 선박에 고마운 등대다.

 ─이게 그 유명한 브란다리스Brandaris 등대야. 도버해협을 지나 덴마크로 갈 때 나는 이 등대가 오른쪽 어깨에 오면 항로를 변경하지. 먼바다에서 이 불빛 말고는 아무것도 안 보인다고. 14세기부터 여기 있었으니 항해자라면 모를 리 없어.

 같이 교육받는 선장 펩은 반가운 듯이 항해담을 늘어놓았다.

 ─저는 괜히 교도소에 온 것 같은 기분인데요?

 다른 항해사 동료들은 내 말에 고개를 끄덕였다. 마을 한가운데서 밤새 빙글빙글 돌아가는 밝은 등 아래 있자니 정말 감옥에서 감시받는 느낌이다. 내가 이런 느낌을 받은 이유는 수업 내내 나를 붙잡고 있는 담당 교수 얀 때문이기도 하다. 오지 섬의 유일한 동양인 교육생, 게다가 영어가 짧아 보이는 남자가 앉아 있으니 관심을 준다며 내가 수업 내용을 잘 이해하는지 매 질문마다 되물었다.

-저체온증이 생기면 갑작스레 짜증을 부리거나 실실 웃는 것처럼 감정 변화가 심해집니다. 의사 결정을 제대로 못 하고 권태감, 피로를 호소하기도 해요. 추운데도 느닷없이 옷을 벗거나 몸을 규칙적으로 흔드는 이상 행동을 보이기도 합니다.

-킴, 저체온증은 뭐로 알 수 있다고요?

-감정이 변하고… 또….

-피곤하고 몸을 규칙적으로 흔드는 이상 행동이죠?

-네….

나는 배려가 고마우면서도 마치 이 반의 관심학생이 된 것 같은 느낌을 받았다. 수업 시간에 딴짓할 수 없는 것 역시 고역이었다.

-저체온증을 발견하면 얼른 휴식할 수 있게 해줘야 해요. 뭐라고요?

-바로 휴식.

-맞아요. 엑설런트! 저체온증을 인지한 후에는 체온이 더 떨어지지 않게 젖은 옷을 벗기고 마른 담요로 감싸줍니다. 겨드랑이나 배에 핫팩이나 따뜻한 물통을 두세요.

체온을 높인다고 갑자기 뜨거운 물을 부으면 안 됩니다. 쇼크로 사망할 수도 있어요. 킴, 뭘 하지 말라고요?

－갑자기 뜨거운 물.

－맞아요. 엑설런트!

지옥 같은 일주일이었다. 맨 앞자리에 앉아 네덜란드 교수의 단독 스파르타 과외를 받는 건 흔치 않거니와 유쾌하지도 않은 경험이다. 하지만 덕분에 난 우리나라에 몇 없는 상급 쇄빙선 항해사 자격을 아주 엑설런트한 성적으로 얻었다.

교육을 마치자마자 그린피스 쇄빙선 아틱 선라이즈호로 향했다. 섬을 떠나는 여객선에 올라서는 왠지 시원섭섭한 마음에 지구온난화로 해수면이 얼마나 오르면 저 섬이 사라지는지 검색해 보기도 했다.

해수면 상승 시뮬레이션을 보다가 발견한 무서운 사실은, 네덜란드에는 이미 해수면보다 낮은 땅이 많아서 바닷물이 1m만 높아져도 나라 절반 이상이 물에 잠긴다는 것이었다. 테르스헬링도 마찬가지다. 섬은 사라지고 등대만 남을 테다. 고마운 지도 교수 얀은 실업자가 되고, 나는 여기서 극지 항해 자격을 얻은 마지막 한국인으로 남을지 모를 일이다.

테르스헬링과 멀지 않은 근처 네덜란드 항구에 정박해 있는 아틱 선라이즈호에 왔다. 얼음을 깨고 북극과 남극 같은 극지방을 다닐 수 있는 쇄빙선이다. 에스페란자호가 쇄빙선계의 그냥 커피라면 아틱 선라이즈호는 '티오피'다. 1975년 노르웨이에서 건조한 40년도 넘은 배다. 얼음을 깨기 위해 지은 만큼 어찌나 튼튼한지 선체는 아직도 지은 그대로다. 철판 두께가 5cm가 넘는다. 원래 물범을 사냥하고 옮기던 배였는데, 그랬던 배가 이제는 물범과 북극곰을 보호하는 일을 한다.

2016년 6월 6일, 배는 네덜란드에서 특별한 손님을 태우고 북극으로 직행했다. 오스파 위원회를 3주 앞두고 그린피스가 꾸린 특별 대응팀이다. 오스파OSPAR commission는 대서양 북동 지역을 보호하기 위해 미국, 영국, 프랑스, 독일, 벨기에, 덴마크, 네덜란드, 아이슬란드 등 인근 열다섯 나라가 맺은 정부 간 행정 협정이다.

오스파는 보름 뒤인 6월 20일 스페인에서 새로운 안을 심의한다. 심의안은 북극점 가까운 바다를 특별보호구역으로 지정해 무분별한 어업과 원유 시추를 금하는 내용이다. 보호구역으로 지정하고자 하는 곳은 영국 전체와 비슷한 면적으로 북극해 전체의 1%에 불과하다. 하지만 덴마크와 노르웨이, 아이슬란드가 자국 석유 기업과 어업 단체의 이익을 고려해 반대하고 있다. 그린피스는 오스파 위원회를 압박하기 위해 이번 깜짝 캠페인을 준비했다.

이번 캠페인의 준비물은 특별했다.

우리는 네덜란드에서 커다란 피아노를 싣고 북극으로 향했다.

북극에 간 피아노

　-북극에 피아노라니. 이번엔 또 뭐야?

　무슨 일을 꾸미는 걸까. 도통 감이 오지 않는다. 그린피스 캠페인은 종종 그렇다. 어쩌면 이런 상상을 할 수 있을까 싶게 엉뚱하다. 엉뚱함 뒤에 치밀하게 준비한 캠페인들이 그린피스를 여기까지 이끌었다. 이 단체는 처음 생길 때부터 그랬다.

　시작은 1971년이다. 미국 정부가 알래스카에 있는 암치트카Amchitka섬에서 핵실험을 계획했다. 섬은 무인도이지만, 북태평양 철새의 중요한 번식지다. 실험에 반대한 캐나다 밴쿠버 시민들은 흔한 방식으로 시위를 하는 대신

1만6천 명이 모인 음악 콘서트를 열었다. 열두 명의 주최자는 이 자리에서 핵실험을 알리고 관객의 후원을 받아 핵실험 현장으로 떠날 자금을 모았다. 이윽고 필리스 코맥Phyllis Cormack이라는 작은 어선을 타고 열두 명이 암치트카섬으로 떠났다. 철새 번식지가 파괴되는 현장을 똑똑히 지켜보고, 기록하고, 알리기 위한 것이다. 무모한 항해 소식이 뉴스에 나오자 사람들은 그 배경에 관심을 두기 시작했고, 이후 여론이 핵실험을 반대하는 쪽으로 움직였다. 결국, 미국 정부는 핵실험을 포기했다. 그린피스의 첫 항해이자 첫 캠페인, 첫 승리다. 이후 '비폭력 평화 행동' 방침을 기초로 전 세계 곳곳에서 반세기 가까이 환경운동을 잇고 있다.

아틱 선라이즈가 준비한 이번 캠페인은 북극 얼음이 녹는 광경을 전 세계 시민들에게 알리려는 의도로 기획되었다. 얼음이 녹는 수치를 정리해 그래프로 보여줄 수도 있지만, 이제 숫자나 그래프는 가슴에 닿지 않는다. 그런 정보는 이미 흔하다. 얼음이 녹는 그래프는 뻔히 가파른 상승세일 테다. 북극 얼음 면적이 10%가 줄고 20%가 줄었다 한들 그 숫자의 의미가 짐작조차 되지 않는다. 흔히 북극 얼음이 녹아 북극곰이 굶주리는 사진을 보여주는데, 나는 언제부터인지 빨간 탄산음료가 당길 뿐이다. 여태 없는 새로운 방법을 찾을 때다. 우리는 숫자와 그래프, 북극곰 대신 피아노를 택했다.

보름을 항해한 끝에 아틱 선라이즈는 노르웨이령 스발바르Svalbard 제도에 있는 롱이어비엔Longyearbyen항에 도착했다. 북극과 가장 가까운 섬으로 2천800명 정도가 거주하는 작은 마을이다. 여름이면 매일 전 세계에서 크루즈선이 찾아오는 지구 최북단, 북극 관광 명소이기도 하다. 우리는 여기에 며칠간 짐을 풀고 빙하지대로 향할 준비를 하기로 했다.

고된 항해로 지친 선원들은 배가 부두에 도착하자마자 사막에서 오아시스를 발견한 것처럼 밖으로 뛰쳐나갔다. 관광객 사이에 섞여 북극 마을을 둘러보고 저녁을 먹을 요량이다. 마침 날씨도 좋다. 주로 흐린 이 지역에 드물게 해가 떴다. 덕분에 기온은 영상 8도까지 올랐다. 축복받은 나들이가 될 것이다. 지각쟁이 이탈리아 동료도 이런 때는 바지런하다. 다들 기대에 차서 배 앞에 모였다. 마을까지는 걸어서 20분 거리. 차도 없고 버스도 없다. 우리는 차고 매서운 바람에 모자를 푹 눌러쓰고 돌부리가 발에 채는 황량한 길을 걸어 나갔다.

–어! 어! 이거 봐, 이게 뭐야?

모퉁이를 돌아나가는데 이탈리아 동료가 다들 무심코 지나친 표지판을 보고 갑작스레 멈춰 섰다. 높이가 2m쯤 되는 교통 경고 표시판이었다. 흔히 볼 수 있는 하얀 바탕에 빨간 테두리가 있는 삼각형 팻말인데, 그 안의 표시는 다름 아닌 북극곰이었다.

–북극곰을 조심하라는 말 같은데? 야생동물 주의 표시판처럼 자동차가 북극곰을 들이받지 않게 조심하라는 말인가?

–그게 아니라 북극곰을 만날 수 있으니 조심하라는 거 아닐까?

그 말에 모두 걸음을 멈추고 사방을 살폈다. 가만히 보니 이 길을 걸어가는 현지인은 없다. 아무도 없는 거리를 아무것도 모르는 이들이 아무 생각 없이 걷고 있었다. 운전자가 조심해야 할 정도로 북극곰이 흔한…가? 그래서 일부러 표지판까지 만든 걸까? 뭔가 심상치 않았다.

–으악! 이, 이건 또 뭐야?

이탈리아 동료가 특유의 과장된 말투로 비명을 외치며

자지러졌다. 팻말 주변에는 마른 동물 뼈가 여기저기 흩어져 있었다. 살점은 하나도 남지 않은 두개골과 갈비뼈, 정강이뼈, 순록의 것으로 보이는 커다란 뿔까지. 불현듯 음산한 바람이 불어왔다. 선원들은 주변을 살피더니 슬며시 한데 가까이 모였다.

북극곰은 달리기 선수라고 했다. 시속 40km까지 뛴단다. 사람은 빠르면, 정말 빠르면 100m를 10초 만에 뛰고 어디서 금메달을 받는다. 그래 봤자 시속 36km다. 게다가 이런 노력은 100m까지다. 북극곰을 만나면 인간의 뜀박질은 아무 소용없다. 그저 묫자리를 조금 옮길 뿐이다. 북극곰과 달리기 시합을 하는 건 굉장히 힘든 경험이 될 것이다.

─여기 스발바르에 북극곰 3천 마리가 산대. 3천 마리. 주민 숫자보다 많아.

인터넷을 검색한 이탈리아 동료가 말했다. 이어 천천히 신문 기사를 읽어내렸다.

─2011년 8월 5일 굶주린 북극곰이 스발바르를 관광하던 대학생 무리를 덮쳐서, 어…. 한 명이 죽…고, 네 명이 다쳤다.

굉장히 부적절한 시기에 읽은 굉장히 부적절한 기사였

다. 우리는 이런 기사를 좀 더 일찍 읽었어야 했다. 선원들이 웅성거리기 시작했다. 경험 많은 네덜란드 동료가 달래듯 입을 열었다.

－괜찮아. 내가 여기 대여섯 번은 왔는데 아무 문제 없었어. 그 사고는 수십 년에 한 번 드물게 일어난 일이야. 북극곰이 마을에 오는 건 흔치 않다고. 난 이 길을 열 번도 넘게 걸어갔어. 추우니 얼른 가자.

네덜란드가 자신만만하게 앞장섰다. 용감하고 경험 많은 네덜란드가 말이다. 평소 책임감이 강한 그의 말에 선원들은 반신반의하며 쭈뼛쭈뼛 걸음을 옮겼다. 서로에게 의지하듯 다닥다닥 붙어 앞으로 나아갔다.

－그 드문 일이… 드물게, 아주 드물게 오늘 일어날 수도 있지 않을…까?

무리 가운데서 누가 작게 말했다. 그때였다. 바로 그때였다. 뒤쪽 멀리서 승합차 한 대가 모퉁이를 돌아 달려오는 소리가 들렸다. 움츠려 있던 동료들은 무인도에서 구조대를 발견한 것처럼 차를 향해 돌아서더니 팔을 경망스럽게 흔들었다. 절박한 장면이었다.

－아니, 무슨 일이에요?

차를 세운 운전자가 조수석 창문을 열더니 물었다.

-저희를 마을까지 태워주세요. 플리…즈….

간절한 플리즈였다. 번역으로 '부탁합니다'보다는 '제 발요'가 적절하겠다. 우리는 금방이라도 차에 뛰어들 것처럼 문 앞에 다닥다닥 모였다.

-공항에서 짐을 싣고 오는 길이에요. 빈자리가 별로 없는데 다 탈 수 있을까요? 10분만 걸으면 되는데, 그냥 천천히 걸어오세요.

남자는 태연한 목소리로 우리를 사지로 몰았다.

-아, 안 돼요! 안 돼요! 플리…즈….

울 것 같은 목소리였다. 우리는 귀신이라도 본 것처럼 단호했다. 대체 이 사람들이 왜 이러나 싶었을 테다.

-흠. 알겠어요. 타세요.

이상한 사람들의 엉뚱한 부탁에 남자는 차 문 잠금쇠를 풀었다. 우리는 문을 열자마자 우르르 차에 올랐다. 꽁무니가 섬뜩했다. 상어가 출몰한 바다에서 수영하다 구조 보트에 올라가는 느낌이었다. 일행은 모두 아홉. 자리는 여섯. 세 자리가 부족했다. 기사에게 부탁해 두 명이 억지로 끼어 탔다. 아무래도 더는 힘들어 보였다. 불현듯 찾아온 정적. 차 안에 빽빽하게 끼어 탄 우리의 눈동자는 밖에 홀로 서 있는 네덜란드를 쳐다보고 있었다. 혼자 남은 남자의 표정은 복잡다단해 보였다.

　-나, 난, 걸어갈게. 먼저 가.

　-나랑 같이 걸을래?

　마지막에 탄 피지가 물었다.

　-노, 노, 노. 문제없어. 내가 말했잖아. 여긴 안전하다
고. 어서 출발해. 우체국 앞에서 봐.

　네덜란드가 직접 문을 닫으며 소탈하게 말했고, 말끝이
조금 떨린 것 같고, 그 말이 끝나기 무섭게 승합차는 부
르릉 출발했다. 동료들은 안도의 한숨을 내쉬면서도 아무
말이 없었다. 무거운 공기가 차 안을 떠돌았다. 전우를 전
장에 버리고 온 병사의 죄책감이 이런 건가 싶었다.

　차가 달리고 시간이 좀 지났다 싶을 때쯤 뒷좌석에 탄
누가 혼잣말을 속삭였다.

　-이러지 말았어야 했어.

　그 말에 뜨끔해 뒤를 돌아보니 쓸쓸하게 남은 네덜란드
가 점점 멀어지다 시야에서 사라질 듯 사라지지 않으며
보였다. 그는 양팔을 좌우로 높게 흔들며 우리가 탄 차가
방금 지나친 마을 입구 주유소를 향해 전력 질주하고 있
었다.

　-저기 봐! 총알처럼 뛰고 있는데?

조용한 차 안에 웃음이 터졌다. 그 우스꽝스러운 모습에 우리는 마음이 조금 편해졌다. 그는 대체 얼마나 빨리 달린 걸까? 승합차에서 내려 기다릴 틈도 없이 네덜란드가 모퉁이를 돌아 태연하게 걸으며 우체국 앞으로 걸어왔다.

─대단해, 멋져. 네덜란드!

동료들이 환호하자 네덜란드는 씩 웃으며 엄지를 코 옆에 갖다 댔다. 구레나룻 옆으로 땀방울이 흘렀다.

나중에 설명을 들으니 북극곰이 마을 근처에 오는 일은 없다고 한다. 물론 그런 일이 일어나지 않으리라 아무도 장담 못 하지만 말이다. 신문 기사의 북극곰 사고가 난 곳은 외딴 산골이었다. 널브러져 있는 순록 뼈는 자연사하거나 사람들이 버린 것이다. 네덜란드의 말처럼 길은 안전하단다. 배로 돌아가는 길은 한결 여유로웠다.

루도비코와
빙하를 위한 노래

이튿날 이른 아침, 우리는 비행기를 타고 온 이탈리아 피아니스트 루도비코 에이나우디Ludovico Einaudi를 배에 태우고 북극 빙하지대로 향했다. 루도비코. 전 세계 어디에 살건 TV를 보는 사람이라면 그의 음악을 들어본 적이 있을 것이다. '있을 것이다'가 아니라 '있다'로 정정하자. 만일 이 피아니스트의 음악을 들어본 적이 없다 말한다면, 그건 단지 그 음악이 루도비코의 작품인 걸 알지 못했기 때문이다. 1980년부터 루도비코가 지은 수많은 곡들은 영화, 광고, 텔레비전 쇼의 배경 음악으로 쓰였다. 그의 아이튠스 클래식 부문 구독자는 베토벤보다 많다.

루도비코는 북극 빙하가 기후변화로 녹아내리는 슬픔을 담아 〈북극 애가Elegy for the Arctic〉를 만들었다. 그리고 이 곡을 북극에서 처음으로 연주해 전 세계 사람들에게 들려주려 여기까지 왔다. 첫인상은 '세련된 이탈리아 노인'이었다. 생각보다 조용하고 침착한 분위기에, 키는 160cm 정도. 흰머리와 그와 대비되는 검은 뿔테 안경이 잘 어울린다. 걸음걸이가 얼마나 조심스러운지 턱시도의 사오락사오락 소리와 구두의 또각또각 소리가 음악 머리의 박자치기 같다. 곁에 있는 것만으로도 사방에서 어떤 잔잔한 선율이 흘렀다.

우리는 노신사와 함께 빙하지대에 도착했다. 도착하자마자 한 일은 네덜란드에서 분해해서 배에 실어 온 피아노를 다시 조립하는 것. 루도비코가 아끼는 피아노란다. 충격 방지필름에 이불까지 덮어가며 금이야 옥이야 모셔왔다. 대가는 아무 피아노나 치지 않는 모양이다.

롱이어비엔에서 구한 물에 뜨는 넓은 뜰판에 하얀 판자를 붙여 빙하 조각 모양을 내고, 그 위에 조심스럽게 피아노를 얹었다. 뜰판이 한쪽으로 기울어지지 않도록 무게중심을 찾느라 몇 번을 내리고 올린 끝에 적당한 자리를 찾아 피아노를 고정했다. 겉보기엔 엉성하지만, 화면으로 보니 도드라지지 않고 잘 어울렸다. 떠다니는 얼음 위에 피아노가 있는 것 같았다.

피아니스트는 검정 그랜드 피아노에 색을 맞춰 검정 턱시도를 입었다. 안전을 위해 구명조끼가 필요했는데, 구명조끼는 대부분 빨간색이어서 눈에 띄지 않도록 검정색 원단을 덧대었다. 모든 게 잘 맞아떨어졌다. 추운 것만 빼고는.

얼추 준비를 마치고 잠깐 쉬며 커피로 몸을 녹일 참이었다. 크레인 모터를 멈추자 사방이 조용해졌다. 그러자 잔잔한 바람을 타고 이상한 소리가 들렸다. 낯선 소리는 사방에서 몰려왔다.

─스르락, 스르락, 딱딱딱.

주위엔 아무도 없는데, 사방에서 개미 수천 마리가 속삭이는 것 같았다. 영문을 모를 일이다. 소리를 쫓으니 배 주변을 떠다니는 빙하 조각이 녹는 소리다. 얼음 안에 갇혀 있던 공기 방울이 밖으로 퍼져 나오다 독특한 소리를 냈다. 탄산음료를 컵에 따르면 나는 기포 소리처럼 말이다. 물 밑에서도 공기 방울이 보글보글 올라왔다. 그 소리가 사방을 메웠다. 신비한 순간이었다. 어쩌면 나는 수십,

수백 년 전 빙하가 얼어붙을 당시에 갇힌 공기를 마시는 건지 모른다.

피아노를 조립하자 루도비코가 그 앞에 앉았다. 따뜻한 물통을 쥐고 손을 녹이던 노신사는 차가운 공기에 손가락을 내놓았다. 그리고 천천히 건반을 눌렀다. 잔잔한 피아노 선율이 공기 중에 퍼지자, 바삐 일하던 스무 명이 한순간 얼어붙었다. 마치 향기에 취한 것처럼 사람들은 숨을 죽이고 연주에 빠졌다. 하늘에는 새들이 분주하게 날아다니고 주변의 얼음 조각은 물의 흐름을 따라 서로 부딪히며 이리저리 움직이지만, 사람들은 마네킹처럼 꼼짝없이 굳었다. 차갑고 잔잔한 대기로 사람들의 입김만 스르르 번졌다. 그 준엄한 침묵 속에서 노신사의 연주만이 북극의 대기로 퍼져나갔다. 마법 같은 순간이었다.

이 장면에서 우리의 이탈리아 동료는 루도비코가 자기 친척이라도 되는 것처럼 흐뭇하게 지켜보다가 느끼한 미소로 옆 사람들을 쳐다보며 엄지를 들어 보였다. 이루마와 손열음, 조성진, 백건우는 어디서 뭘 하는 건가 싶었다.

보트 두 척을 물에 띄웠다. 하나는 루도비코가 탄 피아노 판을 끌고, 다른 하나에 촬영팀이 탔다. 나는 촬영 보트를 운전했다. 오랜 추위에 대비해 옷을 단단히 입고 두

꺼운 장갑을 꼈다. 멋진 일에 동참한다는 생각에 흥분이 밀려왔다. 조금은 긴장되기도 했다.

설렘 반, 긴장 반인 나와 달리 책임이 무거운 촬영 감독은 긴장만 잔뜩 한 모양이다. 감독은 연주를 시작하자 까다롭게 돌변했다. 원하는 구도를 찾기 위해 보트를 계속 움직이라고 주문했다.

-킴, 오른쪽으로 멀리 물러나 줘.

-지금 우리 오른쪽 앞에 커다란 유빙이 있어서 안 돼.

-그럼 일단 멀리 물러나 줘.

-보트는 옆으로는 못 가. 크게 한 바퀴 돌아서 원하는 곳에 멈춰야 해.

-지금 구도가 최적이야. 조금만 더 멀면 좋겠는데….

감독은 만족을 몰랐다. 이 스페인 남자는 얼음이 어디 있는지는 상관없이 화면만 보며 방향을 주문했다. 점점 까탈스러워지는 것 같기도 했다. 테르스헬링의 교수 얀이 한 말들이 떠올랐다.

-저체온증이 생기면 갑작스레 짜증을 부리거나 실실 웃는 것처럼 감정 변화가 심해집니다. 의사 결정을 제대로 못 하고 권태감, 피로를 호소하기도 해요. 추운데도 느닷없이 옷을 벗거나 몸을 규칙적으로 흔드는 이상 행동을

보이기도 합니다.

나는 이 감독이 원래 저런 사람인지 저체온증이 온 건지 판단할 수 없었다. 그렇다고 눈을 똑바로 바라보며 "당신은 원래 이렇게 깐깐한 사람입니까? 아니면 지금 추위에 정신이 이상하게 된 겁니까?"라고 물을 수도 없지 않은가. 이 감독이 돌연 옷을 벗고 춤을 출 때까지 기다리는 방법뿐이었다.

시간이 지날수록 추위가 몸속 구석구석을 바늘처럼 찌르고 들어왔다. 카메라 배터리는 금세 방전되고 감독은 그럴수록 애를 태웠다. 반면 노신사의 연주는 촬영을 거듭할수록 무르익었다. 장갑도 끼지 않은 루도비코의 손가락은 추위를 모르는 것처럼 건반 위를 뛰어다녔다. 연주가 점점 활기를 찾으니 잠시 쉬고 추위를 녹이자고 할 수는 없었다. 이 계절, 여기 북극은 해가 지지 않는다. 태양이 내내 비슷한 높이에 있으니 시간이 흐르는 것도 못 느낀다. 이대로라면 저녁 끼니도 거르고 연주할 기세다. 나는 촬영 내내 날씨의 변화, 내 손이 얼어붙는 정도, 촬영 감독이 옷을 벗고 춤추는 임계점 등을 세밀하게 관찰하며 보트를 운전했다.

한 번 몰아치고 나서 다시 시작한 연주. 노인은 손가락을 쥐었다 펴고 공기 중에 입김을 후~ 불더니 조심스럽게 건반을 새로 눌렀다. 잔잔하게 시작한 선율은 침착하게 중반을 향해 흘렀다. 산산이 부서진 빙하 조각들은 폐허 같고, 뒤로 무너져 내리는 빙하는 울고 있는 듯했다. 연주가 물소리처럼 흐르다 정점을 향해 치닫자, 멀리서 빙하가 와르르 무너져 내렸다. 사방을 울리는 굉음은 연주와 섞여 슬픈 울음이 됐다. (자, 이쯤 해서 루도비코의 북극 애가를 찾아 들어보자.)

늦은 오후가 되자 보슬비가 내렸다. 빙하가 비에 젖어 무거워진 탓에 오전보다 자주 무너졌다. 떠내려온 빙하 조각이 부쩍 늘어 도무지 보트를 움직이기가 힘들었다. 멀리서 커다란 얼음 덩어리가 물에 빠지면 큰 너울이 생겨서 보트는 물론이고 피아노와 모선 아틱 선라이즈마저 휘청거렸다. 그렇게 밀려온 커다란 빙하 조각들이 쌓이고 쌓여 급기야 보트가 얼음 조각 사이에 갇히는 일까지 벌어졌다. 위험했다. 촬영은 거기서 멈췄다.

–기후변화 덕에 고생이 줄었어.

슬픈 농담이었다. 손이 차갑게 얼어붙어 배로 돌아가니 뜨거운 차와 코코아가 있다. 배의 병실에는 저체온증에 대비해 담요와 따뜻한 물통이 준비되어 있었다. 조타실에서는 북극곰 감시원인 롱이어비엔 출신 톰이 망원경과 총을 들고 주위를 살폈다. 이 지역에 다닐 때는 늘 안전 요원과 동행해야 한다. 곰이 수영해서 다가와 피아니스트를 덮칠 수도 있다. 그건 굉장히 불행한 사건이 될 것이고, 어느 세계적인 탄산음료 회사는 경영에 심각한 위기를 맞을지도 모른다. (북극곰은 이처럼 중요한 존재다…) 다행히 북극곰은 나타나지 않았다. 새끼 물개가 어미와 나타나서 배를 뒤집는 재롱을 몇 번 부리고 갔다. 루도비코가 보더니 무척 좋아했다. 연주도 만족스러웠다고 했다. "피아노 연주보다 물 흐르는 소리가 듣기에 참 좋다"고 그가 말했다. 자연의 속삭임을 들을 줄 아는 남자다.

연주 영상은 스페인에서 오스파 위원회가 열린 날 전 세계에 공개됐다. 영상을 공개한 지 사흘 만에 1천700만 명이 연주를 봤다. CNN과 BBC 등 세계 주요 언론은 루도비코의 연주 소식을 주요 방송 시간에 소개했다. 우리나라에서도 마찬가지다. 방송은 물론 초록 포털 첫 화면에 동영상이 보였다. 오스파 위원회가 열린 회의장에서도 영상은 상영됐다. 연주 영상 말미에는 특별해양보호구역이 지정되기를 바라는 전 세계 시민 800만 명의 서명도 나왔다.

영상을 보고 깜짝 놀랐다. 내 예상보다 완벽하고, 슬프고, 애절했다. 나는 마냥 추웠고 그저 까칠한 감독과 옥신각신하며 보트를 운전했을 뿐인데, 영상 속 그 순간은 그어떤 연주회와 견줄 수 없을 만큼 환상적이다. 그 현장에 내가 있었다는 걸 믿을 수 없다. 작은 돌멩이 하나를 피라미드 어디쯤에 얹은 것뿐이지만, 내 사소한 재주를 이런 데 쓸 수 있음에 감사하다.

기발하고 성공적인 캠페인이어도 비판은 늘 따른다. 다이아몬드를 돌덩이에 불과하다 말하는 사람이 있는 것처럼, 이 연주를 쓸데없는 짓이라 폄하하는 댓글도 보인다. 다이아몬드가 광물의 일종인 건 맞지만, 그 아름다움을 보지 못하는 건 조금 슬프다. 이 연주 역시 쓸데없이 커다란 일을 벌인 것이라 말할 수도 있지만, 〈북극 애가〉가 말하는 슬픈 메시지를 듣지 못하는 건 안타깝다. 적막한 북극을 울리는 빙하의 울음소리. 무너지는 빙하를 위로하는 루도비코의 선율. 그날의 연주는 많은 이들의 가슴을 울리는 장면이 되었고, 내 머릿속에 지울 수 없는 각인으로 남았다.

태평양의 플라스틱섬

-그린피스에서 일하며 달라진 게 뭐예요? 환경 문제의
해결책이 보이나요? 영어가 늘었나요? 외국 음식을 잘
먹나요?

누가 이리 활기차게 물으면 나는 주로 이런 우울한 답
을 한다.

-아니요. 환경 문제는 끝도 없고, 영어는 제자리예요.
음식은 아직도 적응 안 되고요. 살이 쭉쭉 빠집니다. 대신
강박증이 생겼습니다. 플라스틱 강박증이요.

한 가지 일을 오래 하면 어떤 강박증이 생기는 경우가

있다. 예를 들어, 내게는 탁자 위에 있는 물컵이 문제다. 가만히 있는데도 바닥으로 떨어질 것 같아 불안하다. 배가 흔들리는 바람에 물컵이 엎어지는 경험 서너 번이면 누구라도 컵을 얼른 바닥에 내려놓는 습관이 생긴다. 배를 떠나 집에 와서도 물컵이 바닥에 있어야 마음이 편하다. 내가 컵을 바닥에 두면 부모님은 "컵을 바닥에 두는 거 아니야" 하며 다시 탁자 위로 옮긴다. 그러면 나는 나도 모르게 컵을 다시 바닥에 내려놓는다.

배 안에서 생긴 또 다른 강박이 있는데, 바로 플라스틱 강박증이다. 그린피스 동료들은 대부분 플라스틱에 놀라 우리만큼 강박적이다. 안 쓰려 노력하는 건 기본. 어쩌다 쓴 플라스틱은 깨끗하게 헹구고 분리해서 재활용할 수 있게 한다.

솔직히 나는 먼바다에서 바나나를 먹다가 껍질을 바다에 던진다. 과일 껍질은 자연에서 와 자연으로 돌아가는 유기물인 까닭이다. 그렇지만 플라스틱은 작은 조각 하나도 함부로 버리지 않는다. 이건 썩지 않고 영원히 자연에 남는다.

누구든 문제를 직접 보게 되면 달라진다. 나의 플라스틱 강박은 북태평양 플라스틱 쓰레기섬에 다녀와서부터 더 심해졌다. 말로만 듣던 쓰레기섬. 실은 둥둥 떠다니는 쓰레기보다 이미 잘게 부서져 바닷물에 섞인 플라스틱 조각이 더 문제다. 이보다 잘게 잘게 분해돼 인체 세포보다 작아진 미세플라스틱 섬유는 더 무섭다. 이건 웬만한 필터에 걸러지지도 않고, 물고기나 조개 같은 해산물을 거쳐 사람 몸에 들어온다. 이미 우리는 1년에 신용카드 한 장과 같은 양의 플라스틱을 먹고 있다 하지 않는가?

북태평양 쓰레기섬에 간 건 2018년 가을이었다. 아틱 선라이즈호를 타고 미국 샌프란시스코를 출발했다. 그린피스 미국사무소가 계획하고 실행하는 캠페인이다. 미국인 기자와 미국인 사진가, 미국인 잠수부, 사방이 온통 미국 사람이었다. 배는 버터 바른 영어와 미국인 특유의 활기찬 대화로 가득했다. 배 곳곳에서 "와우~", "놀라워!" 같은 말이 들렸다.

　–나: 출항하기에 좋은 날씨네요.

　–미국 사람 1: 오~ 와~ 저 푸른 하늘을 봐요. 우아~ 날씨가 정~말 정말 멋져요.

　–미국 사람 2: 오~ 그러니까요. 음~ 우리는 정~말 정말 행운이에요. 안 그래요?

―나: 네…. 그렇…죠.

샌프란시스코 북항 부두를 출발한 배는 과거 악명 높은 감옥이었다가 지금은 관광지가 된 앨커트래즈^{Alcatraz}섬과 빨갛고 긴 다리 금문교 아래를 지나 곧바로 태평양의 파도에 올라탔다. 파도를 힘차게 가르는 아틱 선라이즈호와 달리 나는 미국인들의 활기찬 대화 흐름에 좀처럼 올라타지 못했다. 그건 러시아, 영국, 핀란드 동료도 마찬가지였다. 두 배로 놀라고, 두 배로 칭찬하고, 두 배로 슬퍼해도 부족하다. 미국인들과 대화할 때는 감정을 미리 북돋아놓으면 좋겠다. "와우~", "놀라워!" 같은 감탄사를 연습하는 것도 좋은 생각이다.

태평양^{太平洋}은 한자 풀이처럼 크고 평화로운 바다다. 오뉴월이면 파도 하나 없이 호수처럼 잔잔하다. 이 계절이면 플라스틱 쓰레기가 파도에 흩어지지 않고 둥둥 떠올라 한곳에 섬처럼 모인다. 사람들이 많이 본 플라스틱섬 사진은 이 시기에 찍었을 것이다. 여름이 지나 가을이면 너울이 생겨 쓰레기는 점점 물에 섞인다. 결국 섬은 사라지고, 쓰레기는 물속으로 흩어진다.

이번에 아틱 선라이즈호는 쓰레기가 섬을 이룬 극적인

장면을 촬영하기 위해서가 아닌, 물에 작은 플라스틱이 얼마나 섞여 있는지 조사하기 위해 태평양으로 향했다. 우리는 바다 위 플라스틱을 세 가지로 나눠 조사했다.

1. 큰 플라스틱

둥둥 떠다니고 눈에 보이는 큼지막한 쓰레기다. 플라스틱 물통이나 바구니, 막대 같은 것이다. 탄산음료 통이나 어선에서 쓰는 스티로폼도 자주 보인다. 북극곰이 마시는 빨간 콜라도 여럿 보였는데, 어떤 통에는 영어가, 다른 통에는 한자가 쓰여 있다. 여기 쓰레기는 전 세계 여기저기서 왔다.

우리는 배 앞쪽에 교대로 관찰원을 두고 쓰레기 관찰 기록지를 썼다. 그리고 일정 시간에 어떤 쓰레기가 얼마나 눈에 잡히는지 기록했다.

–2시 방향 검은 막대!

–10시 방향 초록 바구니!

쓰레기는 끝도 없었다. 처음 쓰레기를 발견할 때는 실적을 올린 것처럼 목소리가 높더니, 종이를 가득 채울 때쯤에는 다들 기진맥진했다. 항해를 마치고 스무 날 기록을 종합해 평균을 내어 보니 1분에 세 번 반 꼴로 커다란 플라스틱 쓰레기가 눈에 잡혔다. 쓰레기는 샌프란시스코에서 대양의 중심부로 갈수록 자주 보였다.

우리가 눈으로 훑는 바다의 면적은 하루에 40㎢다. 플라스틱 쓰레기섬의 면적은 약 155만㎢로 한반도의 7배이다. 우리가 열흘 동안 살펴도 눈으로 보는 건 전체의 0.025%밖에 안 된다.

–오~ 와우. 어쩌면, 어쩌면 이렇게 많을 수가 있지? 대체 태평양에는 쓰레기가 얼마나 있는 거야? 어우~ 정말 상상도 하기 싫어. 아, 싫어.

미국인들의 과장된 표현이 어울리는 나날이었다.

2. 플라스틱 조각

바다로 흘러든 플라스틱은 파도와 자외선에 부서져 점점 작은 조각이 된다. 손톱 크기로, 다시 절반으로, 그러다 눈에 보이지 않고 손으로 집을 수 없는 크기의 알갱이가 된다. 바닷물에 이런 플라스틱 조각이 얼마나 있는지 조사했다. 길이 2m, 폭 50cm, 그물코가 1mm인 커다랗고 촘촘한 그물을 바다에 던졌다. 폭이 좁아지는 그물 끝에는 걸러진 알갱이가 모이는 통을 뒀다. 매일 한 시간 동안 그물을 매달고 앞으로 나아가며 바닷물을 걸렀다.

맑게만 보이는 바닷물에서 매일같이 새끼손톱보다 작은 플라스틱 조각이 한 움큼씩 걸러 나왔다. 5mm 사각 눈금 종이에 조각을 올리고 숫자를 셌다. 기괴한 모양으로 조각난 플라스틱을 무슨 보석이라도 되는 것처럼 집게로 정성스럽게 골랐다. 작은 집게로는 집을 수 없는 알갱이도 나왔다. 날치알 같은 작은 알갱이다. 수백 개 알갱이는 푸르고 미끈했다. 이미 바닷물에 녹기 시작한 것이다. 만져보니 딱딱한 플라스틱 질감은 여전하고, 냄새는 비릿하다.

샌프란시스코에서 쓰레기섬 중심부를 거쳐 하와이까지 가는 내내 이 일을 반복했다. 매일 플라스틱이 걸려들었다. 어디든 플라스틱이다. 태평양 바닷물을 통째로 거를 수도 없는 노릇이다.

3. 미세플라스틱 섬유

부서지고 부서지기를 반복하는 플라스틱의 끝은 무얼까? 손톱보다 작은 알갱이가 1mm 알갱이가 되고, 다시 절반으로, 또 절반으로 분해된다. 그러다 크기가 1mm의 1천 분의 1인 $1\mu m$(마이크로미터)에 불과한 초미세섬유가 된다. 현미경으로나 보이는 미세한 털이다. 인체 세포

크기가 100μm인데, 이보다 작은 초미세플라스틱 섬유는 물고기나 갑각류 같은 해양 생물을 거쳐 우리 몸에 들어오기 충분하다.

우리는 항해하는 내내 매일 맑은 물을 한 바가지 떠서 동전만 한 필터에 걸렀다. 샌프란시스코 연안에서부터 플라스틱 쓰레기섬 한가운데를 지나 하와이에 이르기까지, 서로 다른 스무 곳의 바닷물을 여과했다. 이 필터를 현미경으로 들여다봤다. 푸른빛을 쏘니 머리카락이나 지렁이 같은 초미세플라스틱 섬유가 잔뜩 보였다.

–우린 망했어. 정말이지 돌이킬 수 없는 현실이야.

절망적인 결과다. 그동안 나는 초미세플라스틱을 얼마나 먹었을까? 배에서는 바닷물을 여과해 염분을 제거한 물을 얻는다. 이 물로 몸을 씻고 음식을 만든다. 배의 염분 제거 장치는 이런 미세한 섬유까지 거르지는 못한다. 선박에서 일한 지난 12년 동안 나는 미세플라스틱 섬유에 둘러싸여 있던 것이다. 어디 바닷물뿐이랴. 미세플라스틱은 강물에서도 나온다.

바다의 플라스틱은 모든 해양 생물에 해롭다. 바다거북은 비닐봉지를 해파리로 착각해 삼키고, 바닷새 역시 수면에 떠다니는 플라스틱을 먹이로 오해한다. 이렇게 플라스틱을 잘못 먹은 해양 생물은 위장에 플라스틱이 가득차 죽음에 이른다. 해안에 떠밀려 온 고래 배 속을 열어보니 플라스틱 어구와 포장 끈, 비닐봉지, 플라스틱 컵으로 가득하더라는 뉴스는 이미 흔하다. 2018년 멕시코 해역에서는 멸종 위기종인 바다거북 300여 마리가 유령그물에 걸려 죽은 채 발견됐다.

플라스틱은 분해되고 분해돼 먹이사슬을 타고 결국 우리 인간에게 닿는다. 동물성 플랑크톤이 초미세플라스틱을 섭취하면 새우나 작은 물고기, 고래 같은 상위 포식자에게 전달된다. 그 끝은 우리 식탁이다. 실제로 우리나라 시민들이 생선을 손질하다 미세플라스틱을 발견한 영상을 그린피스 서울사무소에 제보하는 일이 빈번하다. 그린피스가 2017년 인천대학교 김승규 교수와 함께 전 세계인이 먹는 소금 제품을 조사한 결과 전체 39개 제품 중 36개 제품에서 미세플라스틱이 나오기도 했다.

인체 세포보다 작은 초미세플라스틱은 체내 혈액을 타고 전신 구석구석의 모세혈관까지 퍼질 수 있다. 미세플라스틱은 양의 전하를 띠는데, 음의 전하를 띠는 세포 표면의 분자와 결합해 인체 내 독성을 늘리기도 한다. 면역시스템에 영향을 미친다는 예상도 있지만, 장기 추적 연구가 없는 실정이다.

-우린 망했어.

미국인들도 이 대목에서는 외마디 외침뿐이었다.

한국 쓰레기, 중국 쓰레기, 일본 쓰레기

– 왜 한자의 정자와 약자를 구분 못 하지?

우리는 보트를 띄워 쓰레기를 줍고, 쓰여 있는 글씨나 로고를 보고 어느 나라에서 왔는지 기록했다. 대략 다섯 중 하나는 영어, 다른 하나는 일본어, 다른 하나는 중국어가 적혀 있고, 나머지는 둘은 출처를 추측할 수 없는 기타 여러 나라 것이었다. 어쩌다 보니 이번에 동북아시아 출신 선원은 나뿐이다. 한자가 쓰인 쓰레기가 절반에 달하는데, 불행히도 이걸 약자인지, 정자인지 구분할 수 있는 건 나밖에 없다. 사실 미국 사람에게 알파벳 외의 모든 문자는 마냥 그림 같을 테다. 나라별 한자의 미묘한 차이를 구분하지 못하는 건 당연하다. 이런 까닭에 나는 쓰레기를 줍는 내내 보트에 붙어 있어야 했다.

-킴, 이건 중국이야? 일본이야?

미국인 캠페이너 데이비드는 한자만 발견하면 무턱대고 내게 물었다.

-여기 구석에 영어로 쓰여 있잖아. 'Made in Japan.' 일본산이라고.

-그럼 이건?

-중국.

-어떻게 알아?

-일본어는 고등학교와 대학에서 배웠고, 한자도 천오백자 정도는 뗐거든. 어렸을 때.

-와우~ 킴은 언어 천재다.

데이비드는 내 이 빠진 영어를 들으면서도 나를 언어 천재로 대접했다.

-킴, 이건 처음 보는 건데? 내가 봐도 한자는 아닌 것 같아.

-이리 줘봐. 어! 어…. 아…. 이건… 이건… 코리안이야….

데이비드가 건넨 플라스틱 통 바닥에는 넘어져도 일어

서는 우리나라 식품 기업의 이름이 흐릿하게 각인돼 있었다. 닳을 때까지 지워지지 않는 '각인'이다. 3L 정도 되는 하얀 통은 마요네즈를 담았음이 분명하다. 통은 버려진 지 꽤 오래된 모양이다. 표면이 거칠게 일어났고, 온통 이끼가 붙어 있어 미끌거렸다. 데이비드는 기록지 한쪽에 '한국 쓰레기'란을 추가하고 막대기 하나를 그었다. 역사적인 순간이었다. 이어 형광등 조각, 플라스틱 바가지 등 한글이 적힌 쓰레기가 줄줄이 나왔다.

뜻밖이고, 난처하고, 의외이고, 당황스럽고, 조금 부끄럽기도 했다. 뭐, 6할이 미국, 중국, 일본 쓰레기인데 어떠냐 싶기도 했지만, 그랬기에 더 예상하지 못한 일이다. 이 먼바다, 우리나라와는 상관없어 보이는 바다에도 한국 쓰레기가 있다는 걸 눈으로 본 건 꽤 강한 충격이었다. 남 일로만 알고 있던 태평양 플라스틱 쓰레기섬이 더 이상 남의 일이 아니게 됐다. 우리도 이 바다를 더럽히는 데 한몫하고 있다.

충격에 빠진 후 찾아본 기사에서 우리나라 1인당 플라스틱 쓰레기 발생량이 미국과 영국에 이어 세 번째로 많음을 알게 되었다. 한국인이 사용하는 비닐봉지는 한 해 235억 장이라는 것도. 석기, 청동기, 철기 시대를 거쳐 이제는 '플라스틱 시대'라는 우스갯소리가 있을 정도다. 그때 조상들이 돌, 청동, 철로 온갖 것들을 만든 것처럼 지금 우리는 아무 제약 없이 플라스틱을 만들고 쓰고 버린다.

나는 태평양에서 주운 한글 플라스틱 쓰레기를 집에 가져왔다. 그리고 방송에서, 학교에서, 여러 강연에서 그 쓰레기를 사람들 눈앞에 보여줬다. 사람들은 참혹한 쓰레기를 보며 다들 눈이 휘둥그레졌다. 그러곤 하나같이 플라스틱의 심각성에 공감했다. 하지만 강연을 마치고 나면 밖에 나가 플라스틱을 샀다. 슬픈 현실이지만 나도 마찬가지다. 가게에 온통 플라스틱이니 사지 않을 방법이 없는 까닭이다. (이래서 제도적 조치가 중요하다.)

그래도 그 광경을 직접 보고 나서부터 내게 다가오는 모든 플라스틱에 책임을 다하려 노력하기 시작했다. 장바구니를 챙겨 비닐봉지를 쓰지 않고, 어쩌다 내게 온 봉지는 씻어서 다시 쓴다. 일회용 플라스틱도 다시 쓸 방법을 찾고, 마지막엔 깨끗이 씻어 재활용 배출구에 넣는다.

최근에는 심각성이 많이 알려져 점점 많은 시민들이 이런 노력에 함께하고 있다. 정부도 여러 제도를 조심스럽게 시행하고 있다. 플라스틱 대신 종이 빨대를 쓰고, 카페에서 일회용 컵 대신 머그잔에 음료를 마시고, 비닐봉지를 공짜로 주지 않는 제도가 자리 잡았다. 더 많은 사람들이 텀블러와 장바구니를 갖고 다닌다. '용기내' 캠페인이 유행하며 포장 용기에 대한 문제의식도 제기되었다. 이런 책임 있는 태도가 천천히, 그러나 꾸준하게 번지는 게 다행스럽다.

여전히 그 한편에는 플라스틱에 담긴 배달 음식이 화석연료를 태우며 거리를 달리고 있다. 문제는 끝나지 않을 것이다. 하지만 무책임한 편리에 대한 고민을 함께 품는다면, 느릴지언정 분명히 세상은 나아진다.

항해 중 급한 전화를
받는다는 건

곤히 자던 새벽 시간, 누가 다급하게 문을 두드렸다.

 ─킴, 암스테르담 본부에서 전화가 왔어. 급한 모양이
야. 지금 받아야 할 것 같아.

 잠결에 어안이 벙벙했다. 이 시간에 누가 나를 깨운 적
이 없었고, 배에 있는 내게 누가 전화한 일도 없었고, 본
부에서 나를 찾을 까닭은 더더욱 없으니 말이다.

 ─전화라니. 누가 나를 찾는 거지? 무슨 일일까? 내가
잘못한 거라도 있나? 아니면 우리 가족에게 급한 일이라
도 생긴 건가? 아니면, 설마… 설마 그건 아니겠지!

 배에서 받는 전화는 늘 그렇다. 고요를 깨부수는 한밤

의 전화벨 소리처럼 불길하다. 경험상 그렇다. 세상에 한가하게 차를 마시다가 문득 내가 생각나서 배로 위성전화를 걸 사람은 흔치 않다. 국제전화보다 복잡한 위성전화 번호를 하나씩 꾹꾹 누르는 수고는 그런 때 나오는 게 아니다. 그것도 깊은 밤에 말이다.

군대에 있을 때도 마찬가지였다. 누군가에게 전화가 왔다는 소식을 받으면 별안간 공기가 무거워진다. 근무 중이든 취침 중이든 전화 때문에 사람을 부르는 건, 또 전화를 받으러 가는 건 그다지 들뜨는 일이 아니다. 전화기가 있는 행정실까지 가는 병사의 발걸음에 불안이 묻어난다. 쭈뼛쭈뼛하던 발걸음이 점점 빨라져서 도착할 쯤이면 숨이 턱밑까지 차 있다. 불안을 예감한 다른 병사들은 돌연 숙연해지고, 다들 무슨 소식인지 촉각을 세운다. 군대든 배든 무소식이 희소식이다.

뜬금없는 전화 소식에 침대에서 일어나 대충 옷매무새를 가다듬고 한 층을 올라가는 아주 짧은 사이, 내게는 수십 가지, 정말 수십 가지 생각이 스쳤다. 그 짧은 새에 나와 관련된 사소한 일, 그러니까 최근 내가 저지른 사소한 실수, 사소한 선행, 사소한 수고를 낱낱이 불러내어 가능

성이 조금이라도 있는 시나리오를 수십 가지나 엮는다. 적당한 궁금증과 어느 정도의 불안, 또 약간의 호기심이 섞였을 때 우리는 생각보다 많은 상상을 할 수 있다.

　−아버지가 편찮으신가? 얼마 전에 항로를 손톱만큼 삐뚤게 그렸는데, 그걸 문책하려나? 요즘 내가 된장찌개를 좀 자주 끓여 먹었지. 냄새 때문에 누가 불만을 가졌나? 얼마 전에 요리사 대신 만든 김밥을 사람들이 맛있게 먹었는데, 아무렴 나를 요리사로 임명하려는 건 아니겠지? 시민들이 배에 찾아왔을 때 내가 안내를 재미있게 했는데 누가 칭찬이라도 했나? 아니면, 설마 집에 사고라도 생긴 건가?

　겉으로 드러내지 않으려 했지만 결코 태연하다고 할 수 없는 표정으로 통신실에 들어섰다. 엉덩이의 왼쪽 절반만 의자에 걸친 어정쩡한 자세로 앉아 수화기를 들었다. 우리나라에 처음 전화기가 생겼을 때, 신하들은 고종의 전화를 받기 전에 궐을 향해 절을 하고 수화기를 들었단다. 상황이 맞아떨어지지는 않지만 어정쩡하게 앉은 내 모습은 어쩐지 그 신하의 심정과 비슷한 구석이 있어 보였다. 왕께서 어떤 일로 친히 전화를 주셨는지 그 용건을 걱정 반, 기대 반으로 기다리는 심정 말이다.

－헬로⋯. 킴 히어.(Kim here.)

－아! 킴!

선원의 승하선을 담당하는 직원이었다. 남자의 목소리에는 약간의 슬픔과 냉정, 위로와 걱정이 묻어 있었다. 그는 차분하게 침을 한번 삼키듯 시간을 끌더니 천천히 또박또박 준비한 듯한 말을 꺼냈다.

－아. 킴. 이제 휴가죠? 내일 한국으로 돌아가는 비행기 표를 받은 걸 알고 있어요. 어, 그런데, 어, 그런데 다름이 아니라.

남자는 머뭇거리며 내 애간장을 태웠고, 그사이 내 직감은 아무럼 아니겠지 하던 방향을 향해 자석처럼 끌려가고 있었다.

－다름이 아니라, 지금 에스페란자호가 카나리아 제도의 라스팔마스항에 있는데, 거기 이등 항해사의 어머니가 위독해요. 그래서 그 친구가 급히 귀국하게 되었는데, 대신 승선할 다른 항해사가 없네요. 그래서 미스터 (갑자기 '미스터'가 붙었다.) 킴에게 전화를 했어요. 내일 에스페란자호에 갈 수 있을까요? 2주 후에는 귀국할 수 있게 조치할게요.

표적의 정중앙을 관통한 화살처럼 그의 용건은 내가

'아무렴 아닐 거'라고 걱정했던 '휴가 연기' 소식이었다. 그는 내게 선택지를 줬지만, 그가 '미스터 킴'이라고 부르는 순간 나는 이미 '예스'를 입에 머금고 있었다. 나는 바르고 차분하고 협조적이고 세상만사의 평온에 헌신하는 '미스터 킴'이 아니던가.

 -네, 그… 그러죠, 뭐.

 '미스터'에 홀려 엉겁결에 '네'라고 답한 순간, 남자는 어린양을 뀐 늑대처럼, 또는 상대를 속여 도장을 받아내려는 사기꾼처럼 얼씨구나 하고 준비된 일정을 줄줄이 퍼부었다. 갑자기 내가 정신을 차리고 '저기 잠깐만요. 다시 생각하니 그건 너무 무리한 부탁이네요'라고 말하는 걸 막으려는 것처럼 약간의 틈도 여유도 없이 말이다.

 그리하여 비행기표의 목적지는 하루아침에 인천에서 라스팔마스로 바뀌었다. 샌프란시스코 공항에서 원래 타려던 비행기를 보내고 다른 비행기를 타는 심정은 꽤 이상야릇했다. 군대에서 전역한 후 집에 가는 길에, 다른 친구들은 예정된 버스를 타고 집으로 돌아가는데, 내 앞에 갑자기 훈련소행 버스가 놓인 기분이랄까. 군대에 다시 가는 재난, 난리, 사변, 재앙, 흉사에 비할 바 아니지만, 고종의 전화를 받은 미스터 킴의 심정은 그런 비슷한 상태였다.

배를 탄다는 건 그런 것이다. 늘 약간의 불안을 달고 사는 것. 배에서 나는 가족을, 고국의 가족은 배에 있는 나를 걱정하는 것. 전화벨 소리가 불안한 것, 무소식이 희소식이라 여기고 감사하는 것 말이다.

비보는 다른 이등 항해사에게 갔다. 이어서 전화는 내게 또 내 가족에게로 도미노처럼 연결됐다. 평소 떨어져 지내다가 가족이 아프다는 소식을 듣고 나서야 집으로 돌아가는 심정은 어떨까. 그런 불행은 내게 또 어느 누구에게든 일어날 수 있다. 그걸 알기에 나와 내 가족, 모든 동료들은 선뜻 휴가를 미루며 그 슬픔에 작은 위로를 건네는 것이다. 결국 나는 휑하니 태평양을 떠나 여름 나라로 왔다. 그리고 다시 에스페란자호를 만났다.

석유와 심문

나는 지금 브라질 북동부 벨렘Belem항에서 알아들을 수 없
는 포르투갈어로 심문을 받고 있다. 추적추적 비 내리는
항구 구석의 낡고 우중충한 골방이다. 항구에 도착하자마
자 이 지역 항만통제관이 배로 쫓아와 선장 조엘과 나를
찾았다. 우리가 항로 관련 규정을 위반했단다. 엉뚱한 주
장이다. 선장과 항로 업무를 맡은 내가 통제관에게 갔다.

　-여기 들어올 때 에스페란자는 북쪽 수로를 이용했어
요. 이 수로가 특별 항로인 걸 아나요?

　경찰서 피의자 신문처럼 무거운 분위기다. 선장 조엘도
나도 포르투갈어는 모른다. 통제관은 영어가 서툴다. 함

부로 말했다가는 오해가 생길 수도 있다. 우리는 곧장 현지 해양 전문 변호사를 선임했다. 변호사가 올 때까지 공식적인 답변을 미뤘다. 일단 자초지종을 알아야겠다. 미국 사람 조엘이 쉽고 명확한 영어로 아주 또박또박 신중하게 물었다.

─특별 항로라고요? 무슨 말입니까. 국제수로 안내서에 그런 말은 없습니다. 자, 여기를 보세요.

항해자는 유엔 산하기구인 국제해사기구에서 승인한 수로 안내서에서 항로 정보를 찾는다. 국제 표준이다. 그 책 어디에도 이 항로를 사용하는 데 제약이 있다는 내용은 없다. 그러면 가장 넓고 안전한 뱃길을 택하면 된다.

─에스페란자는 특별 항로에 허가 없이 진입했어요. 북쪽 수로는 유조선처럼 위험한 화물을 실은 배만 허가를 받고 다닐 수 있습니다. 우리 지역의 규칙이에요.

항만통제관은 몽니를 잔뜩 부렸다. 포르투갈어로 된 문서를 내밀지만, 무슨 말인지 알 턱이 없다. 뭔가 잘못되고 있다. 일부러 우리를 못살게 굴려고 결심한 듯한 느낌이 귓등 어디쯤에서부터 몰려왔다. 선장 조엘이 단호히 조사를 거부하자 분위기가 싸늘해졌다. 조엘은 그린피스 브라질사무소에 먼저 전화했다.

―석유 기업의 입김이 작용했을 수 있습니다. 석유 시추권을 파는 브라질 정부도 에스페란자의 방문이 반갑지는 않을 겁니다. 일단 변호사가 도착할 때까지 진술을 거부하고 있어요.

연락받은 그린피스 브라질사무소도 서둘러 움직이기 시작했다. 우리나라였다면 임의 동행을 거부했을 게다. 이 나라 법을 모르니 경황없는 사이 멋모르고 끌려왔다. 오후 내내 범죄 피의자가 된 것처럼 관리와 책상을 마주하고 앉아 있어야 했다. 긴 하루였다.

분하고 억울했다. 나는 사람들 사이에서는 속없이 웃고 다녀도, 맡은 일에는 날카롭게 최선을 다한다. 항로를 계획할 때도 관련 법규를 빈틈없이 검토했다. 그런 내게 엉뚱한 법을 들고 와 문제 삼으니 어이가 없다. 무작정 목소리만 큰 사람만큼 당해내기 힘든 경우도 없다더니, 내가 한 일에 떳떳했지만 이렇게 막무가내로 당당한 통제관을 보고 있자니 뭐가 얼마든지 잘못될 수도 있겠구나 싶었다. 말이라도 통하면 통제관을 앉혀놓고 항해의 기본부터 짚어가며 내 옳음을 따박따박 증명하고 싶은데 그러지도 못한다. 화병은 이렇게 걸리는 건가 싶다. 그럴수록 시간은 길게만 느껴졌다.

이곳에 온 이유는 아마존 하구 산호지대를 촬영하기 위해서다. 지구엔, 특히 바닷속엔 아직 알려지지 않은 세계가 많다. 아마존 하구에 우리가 몰랐던 독특한 산호지대가 발견된 건 지난 2012년이다. 미국 탐사선박 아틀란틱호가 역사상 처음으로 과학자들과 함께 이 지역을 조사하다가 길이 1천km가 넘는 산호지대를 발견했다. 그중에는 길이가 2m가 넘는 대형 산호도 있었다. 이 산호초는 뿌연 아마존 강물 탓에 태양 빛이 들지 않고 물의 염도가 낮은 환경 속에서 자라는, 다른 곳에 없는 아주 독특한 종이었다. 아마존 강물과 바닷물이 만나는 특수한 곳에 살다 보니 저만의 방식으로 진화한 것이다.

그러나 아마존 하구 거대 산호지대는 알려지는 동시에 위험에 처했다. 브라질 정부는 브리티시 페트롤리엄[BP]과 토탈[Total] 같은 다국적 석유 기업에 이 지역 석유 시추권을 팔았다. 시추 지역은 산호지대 근처 여든 곳이다. 석유 기업들은 이미 스무 곳에서 석유 20만L를 시추했다.

우리는 아마존 하구에 있는 산호지대를 세상에 알려 여기서 석유를 시추하는 일에 제동을 걸 요량이다. 그러니 이런 방해를 받는 게 아닌가 싶다. 비 내리는 아열대의 오후는 퍽 스산했다.

이런저런 상념에 빠져 있던 중, 고개를 돌려 조엘을 봤다. 나와는 달리 조엘은 여유로워 보였다. 속사정이야 어쩐지 몰라도 평정심을 잃지 않는 선장이 의아하면서도 든든했다. 무거운 짐을 앞에서 같이 지는 노인의 어깨가 믿음직스러웠다. 경륜이란 이런 거구나 싶었다. 아마 이때쯤이었던 것 같다. 내가 그린피스에 소속감을 느끼기 시작한 건. 적이 분명하게 드러나자 동료의식이 샘솟았다.

우리는 함께다. 한배에 올랐다. 파도가 무섭게 치는 날이면 동시에 멀미를 앓고, 해넘이가 하늘을 붉게 물들일 때면 나란히 서서 감상한다. 돌고래가 나타나면 소식을 알려 옹기종기 모이고, 아울러 탄성을 지른다. 무너지는 빙하를 바라볼 때, 떠다니는 플라스틱을 발견할 때, 말라버린 개울의 처참한 모습을 볼 때 우리는 같은 감정을 갖는다는 걸 나는 깨닫기 시작했다.

열리지 않는 바다

항만국 통제관에게 심문받기 일주일 전.

브라질 아마존이다. 아마존과 우리나라는 열두 시간 시차, 낮과 밤이 정반대다. 시간만큼이나 날씨도 완전히 반대다. 2월 서울은 강추위라는데 여기는 무더위다. 낮이건 밤이건 기온이 30도를 넘는다.

'아마존에 있다'는 말은 애매하다. 아마존은 길이가 6천 400km에 달한다. 브라질 땅의 절반이 아마존이고, 이 강은 이웃 나라 페루와 기아나, 콜롬비아에 걸쳐 있다. 이 넓은 곳에 있다는 말은 '아시아에 있어요'라든가 '브라질에 있어요'라는 식으로 도저히 위치를 짐작할 수 없다. 브라질에 있는 호날두 씨도 아마존에 있다 하고, 페루에 있는 마리오 씨도 아마존에 있다 하고, 기아나에 있는 에듀왈도 씨도 아마존에 있다 할 수 있으니까.

에스페란자는 이 아마존 하구에 있는 '마카파Macapa'라는 도시에 도착했다. 하구라지만 바다에서 300km를 거슬러 올라야 만날 수 있는 첫 도시다. 우리는 여기서 촬영장비와 유인 잠수정, 사진작가, 연구자를 태우고 바다로 향했다. 두 명이 타는 잠수정은 캐나다 전문업체에서 잠시 빌렸다. 폭은 2m가 조금 넘고, 빨간 바탕에 장난감처럼 귀엽게 생겼는데 수백 미터를 내려간단다.

이 잠수정을 수심 100m 산호지대에 보낼 생각이다. 의미를 과히 부여하자면 역사상 처음으로 이 지역 산호를 촬영해 세상에 알리는 셈이다. 선박이 있는 그린피스만 할 수 있는 일이다. 자연 다큐멘터리로 유명한 영국 공영방송사 BBC보다 먼저 이 소식을 전하는 일에 손을 얹게 돼 김씨 가문의 대대손손 무한영광이다.

우리는 마카파 부두에 걸어둔 굵은 밧줄을 풀고 강물의 흐름을 따라 뱃머리를 돌렸다. 프로펠러가 돌자 강바닥에 있던 뿌연 침전물이 물 위로 올라왔다. 배는 천천히 강물을 따라 바다로 향했다. 강을 항해하는 내내 한두 명이 탄

작은 보트가 눈에 띄었다. 현지 직원에게 물으니 대도시 마카파 주변에 외따로 사는 원주민이라고 한다. 전기도 없이 농사를 짓고 가축을 키우며 사는 사람들인데 그 수를 파악할 수 없이 많단다. 세계 여러 나라를 다닌다고 하지만 이렇게 또 내가 모르는 세계를 마주한다.

본격적인 항해를 앞두고 사람들은 바쁘다. 선장과 연구자 사이에 무거운 분위기가 오간다. 석유 기업과 이들에게 시추권을 판 브라질 정부에 우리 잠수 소식은 반갑지 않을 것이다. 그러니 잠수 허가가 호락호락하지 않다. 그렇다고 여기까지 와서 멈출 수는 없다. 선장 조엘은 항로를 유지하라 당부했다.

이튿날 아침에 눈을 뜨니 배의 움직임이 심상치 않다. 주춤하다 앞으로 나아가기를 반복하고, 때때로 좌우로 흔들리기도 했다. 날씨가 좋지 않다. 브라질사무소 직원 줄리아나와 마리는 녹초가 됐다. 멀미 걱정에 한 손에 양동이를 들고 다닌다. 점심시간에도 식당은 한가하다. 가만세어 보니 종일 침대에 누워 있느라 보이지 않는 사람도 있다. 조타실에 오르니 바람이 시속 40km로 분다. 갑판에 나가면 몸이 휘청할 정도다. 배가 아마존강을 벗어나니 물 빛깔은 미숫가루 같은 황토색에서 초록으로 그리고 다시 파랑으로 서서히 변했다. 바다. 파도가 점점 솟구쳤다.

-파도가 2m를 넘으면 잠수정을 진수할 수 없어요. 위험합니다.

잠수정을 관리하는 제프가 선장에게 말했다.

-배를 옆으로 돌려 오른쪽으로 파도를 받으면 왼쪽은 그나마 잔잔하니 괜찮을 것 같은데요?

-수면이 조금 잔잔해져도 잠수정을 들어 올리는 배의 크레인은 계속 흔들릴 테니 충격은 비슷해요. 2m 이상은 안 돼요.

날씨 때문에 다들 신경이 곤두섰다. 대화는 점점 딱딱해졌다. 거친 날씨로 예민한 선원들, 파도 탓에 불투명해진 계획, 게다가 브라질 정부의 반대까지. 부푼 마음으로 항구를 떠났건만 날씨 앞에서 상황이 뒤집혔다.

날이 개기를 기다리며 사흘을 흘려보냈다. 여긴 파도를 피할 방파제도 없다. 배는 내내 거친 바다를 떠돌았다. 적도의 바다는 주로 잔잔하기 마련인데 하필 이럴 때 날씨가 돕지 않는다. 그 와중에 다행히 브라질 정부의 잠수 허가를 받았지만 별 도움은 되지 않았다. 날씨를 거스를 수는 없다. 잠수정을 내릴 수 없으니 배는 산호지대 주변을 오가며 음파 탐지기로 실제 수심을 측정하는 일로 소일했다. 그런데 해도의 수심과 실제 수심은 매우 달랐다. 침전물이 쌓이고 쓸려 내려가기를 반복하는 탓이다. 여기까지 왔는데 의미 있는 일을 할 수 없단 생각에 힘이 빠졌다.

이제 남은 항해 기간은 이틀. 이틀이 지나면 첫 번째 탐사를 마치고 항구로 돌아가야 한다. 그러면 다시 한 주 뒤에야 두 번째 탐사를 시작할 수 있다. 결국, 선장 조엘은 유인 잠수정 대신 무인 수중카메라를 내려 보내기로 했다. 굵은 전선에 연결되어 수심 600m까지 내려갈 수 있는 카메라는 배에서 케이블을 올리고 내려 높이를 조절할 뿐, 스스로 움직일 수는 없다. 우리는 그저 아래에 뭐가 있는지 일단 들여다보자는 심정으로 카메라를 보냈다. 카메라는 갑판을 떠나 천천히 물 아래로 내려갔다. 배가 흔들리는 바람에 수면 위에서 선체에 한 번 부딪히더니 물속으로 풍덩 들어갔다.

바닥까지는 80m. 천천히 줄을 풀었다. 10m, 20m, 30m. 다들 화면 앞에서 숨죽였다. 60m, 70m, 그리고 80m가 되자 화면에 뭐가 나타났다. 산호초다 싶었는데, 순간 배가 흔들리더니 화면이 툭 꺼졌다. 뭔가 잘못됐다 싶어 줄을 감아올렸다. 한참 후 카메라는 온데간데없고 끊어진 줄 <u>끄트머리</u>만 올라왔다. 끊어진 케이블 <u>끄트머리</u>를 보니 허망했다. 단순히 카메라를 잃어버린 게 아니다. 우리는 이제 날씨만 바라봐야 한다는 것, 더는 할 수 있는 게 없다는 사실을 인정해야 했다.

최초로 아마존 산호지대를 촬영하겠다고 호기롭게 나선 에스페란자는 궂은 날씨에 아무것도 못 하고 근처 항구 벨렘으로 뱃머리를 돌렸다. 확인된 산호지대, 거기까지 닿을 수 있는 잠수정, 손발을 맞춘 선원들까지. 모든 것이 완벽해 보였지만 바다는 열리지 않았다. 배는 경기에서 처참히 패배한 선수들이 탄 버스처럼 내내 조용했다.

침울해져 돌아온 에스페란자를 맞은 건 반갑지 않은 항만통제관이었다. 그날로 골방 심문과 초조한 기다림이 시작됐다. 즐겁지 않은 일들은 꼭 엎친 데 덮쳐서 사람을 더 힘들게 한다.

에스페란자에서 일하며 늘 가슴 떨리는 일만 있으리라 기대하지는 않았다. 악마들의 합창을 들으며 처음으로 암스테르담에 갈 때, 파도에 배가 흔들리거나, 이런저런 사고가 생기거나, 피트 선장처럼 러시아에서 감옥살이하거나, 반대쪽에 있는 사람들에게 생각지도 못한 공격을 받을 수 있다고, 그걸 기꺼이 받아들이겠다고 다짐했었다.

말로는, 생각으로는 어떤 위험도 감수하겠다고 했지만, 그건 내가 세상을 너무 쉽게 본 탓인지도 모르겠다. 하룻 강아지가 '세상아 덤벼라' 하고 겁 없이 소리친 건 아닐까. 항만통제관과 책상 앞에 마주 앉은 오후 내내 난 그런 생각에 시달렸다.

갓 뎀 잉글리시

영어. 영어. 지겨운 영어. '망할 놈의 영어.' 그 말을 또 영어로는 '갓 뎀 잉글리시.'

여기 그린피스 환경감시선의 공용어는 '영어'다. 전 세계 각지에서 모인 조직이니 영어 말고는 다른 방법이 없다. 배의 하루는 영어로 시작해 영어로 끝난다. 아침 7시 30분이면 당직자가 각 방을 돌며 상냥한 영어로 잠자는 선원들을 깨운다.

－굿 모닝, 킴. 세븐 써티~

영어가 아니어도 반갑지 않은 말을 굳이 영어로 들으니 잠이 확 달아난다. 썩 좋은 아침은 아니다. 그렇지만 나는

"굿 모닝"이라고 답한다. 다른 말을 모르는 까닭이다.

눈 비비며 식당에 가니 사람들이 한 손에 버터, 다른 한 손에 치즈를 들고 "모닝, 모닝" 짧게 인사한다. 나도 "굿 모닝"한다. 차마 "배드 모닝"이라고 멋대로 지껄일 자신이 없으니까. 내 기분과 사정을 구구절절 이야기할 자신은 더더욱 없다. 그저 구겨진 표정으로 심기를 드러낼 뿐이다. 뭐, 다른 사람의 얼굴도 마찬가지다. 배에서 영어가 모국어인 사람은 절반도 안 된다. 그러니 하는 말이 대개 거기서 거기다.

이렇게 피곤한 아침이면 나는 어디에든 속 시원하게 심경을 털어놓고 싶다. 한국 드라마를 보며 어설프게라도 우리말을 배운 사람이 있다면 앉혀놓고 내 기분에 대해 한 시간쯤 이렇게 주절거리고 싶다.

"날씨가 엉망진창이야. 다들 배가 흔들려서 잠도 못 잤을 텐데, 이런 날은 기상 시간도 좀 융통성이 있어야 하는 거 아니야? 그리고 이런 날 아침부터 무슨 빵에 치즈야. 시원한 열무 김칫국물을 마셔도 모자란 판에. 내 말이 맞지?"라고 쏟아내고 싶은 것이다.

영어는 처음 그린피스에 올 때부터 부담이었다. 노량진 어디 카페에서 얼떨결에 받은 전화로는 듣도 보도 못한 이상한 발음의 영어가 쏟아졌다. 나는 정중하고 침착한 목소리로 "이렇게 시차를 배려해 적절한 시간에 전화를 주시다니요. 무척 즐거운 대화였습니다. 부디 긍정적인 결과가 있기를 바랍니다"라고 말하고 싶었지만, 떨리는 마음을 주체할 수 없어서, 실은 아는 영어가 빈곤한 탓에 허공에 허리를 굽실거리며 연신 "땡큐, 땡큐"만 연발했다.

나는 영어라면 자신 있었다. 토익 시험을 치면 늘 995점 만점에서 900점은 거뜬히 넘었다. 대학 시절 영어 과목은 늘 최고점이었고, 영어 경시대회에서 수석을 차지해 대학 총장상을 받기까지 했다. 그러니 친구들이 장난삼아 '영어 신동'이라고 부를 정도였다. 그린피스에 와서도 일하는 데 영어 때문에 힘들지는 않았다. 그건 '업무 영어'인 까닭이다.

문제는 공감의 대화다. 감정을 나누는 대화 말이다. 식사 시간에 음식을 앞에 두고 하는 대화는 교과서로 배운 적이 없다. 오늘 겪은 일 가운데 재미있었던 일을 재미있게, 슬픈 일을 슬프게, 화나는 일을 화나게 전하는 게 쉽지 않았다. 상대가 웃고 울게 하는 감정의 교류에는 언어

능력 이상의 것이 필요하지 않은가. 이 때문에 나는 한동안 꿀 먹은 벙어리가 되어 밥을 먹을 수밖에 없었다. 종종 다들 깔깔 웃는데 나만 멀뚱멀뚱 앉아 있을 때도 있다. 이런 때는 한 박자 늦게라도 웃어야 하나 싶다. 그런 마음이 들수록 동료들과 정서적 거리는 멀어진다.

그렇게 첫 한 달을 보냈을까. 선원들과 친분이 쌓이니 슬슬 말이 붙기 시작했다. 나는 원어민 동료가 하는 말이나 영화에 나오는 영어 대사를 유심히 들었다가 대화에 써먹곤 했다. 퍽 쓸 만한 방법이지만 한계가 있었다. 남의 말을 흉내 내는 것에 불과했고, 준비한 첫마디가 끝나면 다시 내 본래 콩글리시가 튀어 나왔다. 그러고 나면 유창했던 첫 말이 준비한 것이라는 게 들통난 것 같아 곱으로 창피했다.

창피. 그래 창피. 망할 놈의 영어로는 셰임Shame. 늘 그게 문제다. 언어를 배우고 상대와 대화를 나누는 데 가장 큰 걸림돌은 창피다. 내 말이 문법에 틀리지 않을까, 상대의 상식에 어긋나지 않을까, 그에게 즐거울까, 흥미로울까. 쭈뼛쭈뼛 망설이면 영어든 관계든 달라지는 게 없다.

따져 보니 전체 선원 스무 명 중 영어 원어민은 다섯 명뿐이다. 나머지는 스페인, 우크라이나, 이탈리아, 러시아,

멕시코, 독일, 필리핀, 프랑스, 칠레, 태국, 브라질 그리고 한국에서 왔다.

유심히 들어보면 나 말고도 스페인 선원은 스팽글리시, 칠레 사람은 칠글리시, 독일 선원은 젬글리시 등 각자 모국어식 영어를 한다. 이들에게 영어는 외국어다. 서툴고 어색한 게 당연하다. 그런데도 신나서 재잘거리는 걸 보면 얼굴이 참 두껍구나 싶다.

완벽하지 않아도 좋다. 틀릴 수밖에 없다는 걸 받아들이지 않고 완벽한 영어를 해야 한다는 강박에 빠져 입에 맞지 않는 발음을 따라 하려고 애쓰면 말은 늘지 않는다. 그런 생각에 나도 슬슬 말문을 트기 시작했다. 창피함을 무릅쓰고 나서야 말이 늘고 친구가 생긴다. 문법을 틀려도 괜찮다고 생각하는 순간 말문이 터진다.

물론 그러다 이런 실수도 했다.

―이 멋진 음식은 여기 맛있는 남성이 만들었습니다.

'맛있는'과 '멋진'의 위치가 바뀌는 바람에 실례될 수 있는 말을 했지만 덕분에 한바탕 웃기도 했다.

각국에서 사람이 모여 있으니 배의 영어는 교과서의 영미식 언어가 아닌 제3의 다른 언어가 된다. 문법이 무너지고 단어와 뉘앙스가 중요해진다. '입장 바꿔 생각해 봐'

라는 말을 '내 신발에 들어가 봐'라는 본래 영어 표현 대신 '내 쪽에 서봐'라는 직설적 표현으로 쓴다. 원래 영어는 사라지고 영어와 비슷한 어느 언어가 남은 것이다.

나는 그 언어를 '국제어'라 부르기로 했다. 국제어는 영어와 아주 유사한, 그러나 전 세계인에게 편한 말이다. 어렵겠지만 영문법 책에 얽매이지 말고 자신 있게 나서야겠다. 넘어지는 걸 두려워하면 자전거 실력이 늘지 않으니 말이다. 넘어져도 좋다. 오히려 창피함을 무릅쓰고 많이 넘어지자 다짐한다. 그러니까 오늘도 갓 뎀 잉글리시!

아름다워야만
산호인 건 아니야

브라질 벨렘에 나흘쯤 묶여 있었다. 항만통제관 문제는
그날 늦게야 도착한 현지 해양 전문 변호사가 도맡았다.
초조한 기다림이 사흘째 되던 날 통제관은 사실 관계를
갈무리한 문서에 내 서명을 요구했다. 문서는 온통 포르
투갈어다.

－서명이라니요? 무슨 내용인데요?

내가 과민해져 있던 걸까? '서명'이라는 말에 법적 책
임이라도 지게 될 것 같아서 따져 물었다.

－킴. 괜찮아요. 내용은 제가 다 검토했어요.

괜찮다는 변호사의 말에도 여전히 꺼림칙했다. 한편으

로는 서둘러 이 일을 매듭짓고 빠져나가고 싶었다. 눈을 찔끔 감고 서명했다. 통제관은 선물이라도 되는 듯 사본을 내게 줬지만, 온통 포르투갈 말이라 한 글자도 이해하지 못했다. 차라리 다행이지 싶었다. 변호사는 통제관의 주장이 근거 없는 것으로 판결 났다고 설명했다.

문제가 해결되기를 기다리는 사이 오래 승선한 몇몇 선원이 휴가를 떠나고 새 선원이 자리를 메웠고, 식료품도 넉넉히 실렸다. 항만청과의 문제가 해결되자마자 벨렘을 떠났다. 뒤도 돌아보고 싶지 않았다.

하지만 벨렘에서의 일은 잊고, 우리는 다시 한번 도전해 보기로 했다. 이번에는 근처 파라Para 대학에서 산호지대를 연구해 온 닐스 박사가 함께 탔다. 박사는 점쟁이처럼 바다 한가운데 어디를 잠수 위치로 꼽았다. 첫 잠수이니만큼 산호가 가장 많다고 어림잡는 지역일 것이다. 날이 좋다. 다들 그동안의 고생에도 의욕이 넘친다. 도착하자마자 2인용 잠수정을 작동시킬 준비를 했다.

잠수정을 수면에 놓자 물 위 보트에서 기다리던 선원이 헤엄쳐 다가가 밧줄과 크레인 고리를 하나씩 떼어냈다. 그 선원이 물러서서 엄지를 들어 신호를 주자 잠수정은

'꼬르르' 공기 방울과 함께 물속으로 사라졌다.

전파는 물속을 통과할 수 없어 우리는 음파로 통신한다. 잠수정과 에스페란자에는 각각 음파를 보내고 받는 장치가 달려 있다. 둘 사이 대화는 어렸을 적 종이컵에 실을 달아 만든 진화기처럼 둔탁하다. '에스페란자'라는 소리가 '에드베란다'로 들린다. 배와 거리가 멀어지면 음파를 주고받을 수 없다. 선장 조엘은 탐지기 모니터를 보고 잠수정과 위치를 맞추며 배를 움직였다.

－시야가 어떤가?

－시야 15m. 하강 속도 분당 10m.

－기압은?

－기압 정상. 하강 속도……

잠수정은 처음 몇 분간 소식을 전하다 통신이 끊겼다. 끊겼다기보다는 소리가 희미하고 뭉툭해졌다. 인공위성을 쏘고 초조하게 엄지손톱을 깨물며 결과를 기다리는 영화 속 나사 직원들처럼 불안한 침묵이 흘렀다. 잠수정의 소리로 보이는 음파가 꾸준히 화면에 나타나는 것을 위안 삼으며 시간을 보냈다.

30분쯤 시간이 지났을까. 한동안 소식이 없더니 음파를 타고 온 둔탁한 목소리가 점점 선명해졌다. 또박또박 영어조차 힘든 나는 뭉개진 말을 도무지 알아들을 수 없는데, 다른 사람들의 표정이 좋다. 잘 돼가는 모양이다. 얼마 후 잠수정의 위치가 탐지기에 잡혔다. 잠수정은 30분 넘게 수심 100m 아래 산호지대를 탐사하고 수면으로 올라왔다.

잠수정을 갑판에 올리고 해치를 열자 안에 있던 닐스 박사가 밝게 웃으며 엄지를 들었다. 사방에서 힘찬 박수와 환호가 터져 나왔다. 잠수정을 운전한 존은 우주선을 타고 달에서 귀환한 암스트롱처럼 뿌듯한 표정이다. 박사는 후다닥 잠수정에서 나와 카메라 저장장치를 컴퓨터에 연결했다. 파일 전송을 기다리며 조바심이 나는지 마우스를 몇 번씩 두드렸다. 마침내 화면에는 깊은 바닷속 모습이 하나둘씩 나타났다.

호주나 필리핀 세부에 있는 맑은 물의 그것처럼 햇살을 받고 자란 형형색색 아름다운 산호는 아니다. 깊은 골짜기 같은 바다에서 겨우겨우 살아내는, 먼지를 뒤집어써서 뿌옇고, 못생긴 물고기 아귀처럼 흉측한 모습이었다. 그러나 산호는 물고기의 쉼터로, 이 일대 생태계의 균형자로 그 역할을 하고 있었다.

이날 촬영한 아마존 하구 산호는 곧바로 SNS는 물론 프랑스 〈르 몽드〉, 영국 〈가디언〉 같은 주요 언론을 통해 전 세계에 퍼져나갔다. 사진이 세상에 나온 지 일주일 만에 브라질에서만 3만여 명이 아마존 하구 지역 석유 시추에 반대하는 청원을 브라질 정부에 제출했다.

심문에 시달리던 벨렘의 며칠은 퍽 즐겁지 않은 기억이었다. 오만 가지 생각이 다 들었다. 옳고 떳떳해도 부러질 수 있구나. 꼭 법과 규칙대로 되지만은 않을 수도 있구나. 내가 최선을 다했다고 해서 늘 그에 합당한 결과가 나오는 건 아니구나….

나는 생각보다 작은 존재고, 세상은 내가 생각하는 것보다 크고 복잡하다. 혼자서 할 수 있는 일은 많지 않다. 내게 옳은 것이 타인에게는 옳지 않은 일일 수도 있다. 그러니 옳은 일도 방해받을 수 있다.

하지만 결국 나와 동료들은 두 번째 시도로 산호를 촬영했고, 세상에 알렸다. 아마존의 먼지 쌓인 산호는 내가 생각하는 옳은 길을 든든한 동료와 함께 꾸준히 시도한다면, 결국엔 조금이라도 나아질 수 있다는 믿음이 단단해진 장면으로 남았다.

이건 김밥과 된장찌개야

타지 생활을 하다보면 힘든 점이 많다. 외롭기도 하고 음식도 맞지 않다. 모국어로 내 마음을 털어놓을 곳이 없다. 그래도 언어야 시간이 흐르면 점차 나아지기 마련이고, 성격을 좀 과묵하게 바꾸(는 게 가능하다)면 딱히 힘들 게 없다. 하지만 음식은 평생 극복할 수 없고 그럴 자신도 없는 궁극의 고난이다.

그 고통을 짐작하고 싶다면 보름 동안 오로지 피자와 스파게티, 리소토를 먹어보기 바란다. 물론 김치 없이. 그러면 된장찌개와 김치찌개 한 숟가락에 황홀경을 경험할 수 있을 것이다.

그린피스 환경감시선의 식단은 선박 식사로는 어디 내놔도 뒤지지 않을 만큼 훌륭하다. 육류를 먹지 않는 채식과 꿀과 우유를 포함한 모든 동물성 식품을 먹지 않는 완전 채식, 생선을 먹지 않는 사람 등 다양한 경우를 고려해야 하니 끼니마다 음식이 대여섯 가지씩 나온다. 그래서 배에서는 귀한 신선 채소나 과일도 풍부하다.

그런데도 승선한 지 보름쯤 지나고부터 어쩐지 한쪽이 비어 있는 느낌이 들었다. 아무리 좋은 음식을 먹어도 헛배만 부르다. 감흥 없이 포크질을 하다 보면 종종 내가 여기서 뭘 하고 있나 싶기도 했다. 뜨거운 김치찌개 국물에 땀을 뻘뻘 흘리고 싶은 날이 늘어났다. 음식은 그냥 먹는 것이 아니었다. 삶의 큰 행복이었다.

햇수를 더하니 이제 요령이 생겼다. 승선할 때 고추장과 된장, 김과 조미료를 챙긴다. 암스테르담이나 함부르크처럼 대도시에 갈 때면 근처 아시아 상점에서 식재료를 사는 건 필수. 사람은 어떻게든 맞춰 살게 되는 모양이다.

한국 음식이 당기던 어느 날, 배에서 처음으로 요리를 하기로 했다. 첫 요리는 된장찌개. 처음으로 어설프게 된장찌개를 끓이며 '내가 그간 이렇게 간단한 일을 안 했구나' 싶었다. 새로운 환경에 놓이면 내게 부족한 면을 볼 수 있다. 된장찌개로 시작한 요리는 시간이 흐르며 어디서 듣도 보도 못한 음식으로 진화했는데, 이상하게도 그럴수록 내 요리에 근거 없는 자부심을 느꼈다. 주변에 비평해 주는 사람이 없으니 혼자 신나서 멋대로 산을 올랐다.

그 무렵 나는 식품 창고 구석에서 오래전에 누가 쓰고 고이 남겨둔 김과 김밥말이를 발견하고야 말았다. 순간 '단무지 없이 김밥을 말 수도 있지 않을까' 하는 생각이 든 건 본격적으로 요리의 세계에 첨벙 뛰어들고 싶은 본능의 몸부림인지도 모르겠다. 나는 어디로든 뻗어 나가고 싶은 요리계의 새싹이었던 것이다.

기회는 금방 찾아왔다. 요리사 윌리가 주말 하루 쉰다고 했다. 선원들이 요리사로 나설 기회다. 나는 대뜸 김밥을 말겠다고 말했다.

–그럼 오늘 내가 김밥을 구경시켜 주겠어.

–깅깍? 킴펍? 킹뻑? 그게 뭐야?

–킹뻑은 혹시 욕 아니니? 자, 정신 차리고 따라 해봐. 김. 밥. 기임~ 바압~

–낑뻔. 긴펍.

외국인에게 김밥 발음은 쉽지 않았다.

-그러니까, 김밥은 김에 밥과 재료를 올리고 말아서 먹는 음식이야.

-김? 김이 뭐야? 김은 너잖아. 킴Kim.

-그래, 내 이름도 김인데, 그 김이랑 이 김은 달라. 김은 이거. 여기 검은 종이 같은 거.

-아 무슨 말인지 이해했어. 영화배우 브래드 피트 이름이 브레드Bread로 들리는 것처럼?

-그렇지. 아무튼, 이 종이가 김이야.

-아~ 노리 말하는구나?

외국인들에게 김은 일본말 '노리'로 알려졌다. 나는 김밥 사진을 보여주며 이걸 만들겠다고 설명했다.

-아, 노리로 스시를 만들겠다는 거구나.

-김으로 김밥을 만들겠다고.

-노리로 스시를 만드는 거잖아.

-김밥인데…. 그래, 김밥은 일본에도 있으니까.

어찌 됐건 그렇게 김밥을 만들기 시작했다. 단무지 대신 오이피클을 넣고, 계란 지단과 햄, 치즈, 셀러리 등을 준비했다. 재료부터 근본이 없었다.

드디어 김밥을 말기 시작하는데, 그게 신기했는지 너도 나도 김밥을 말아보겠다고 달려들었다. 나란히 앉아 밥을 제멋대로 엄청 두껍게 깔더니 다 함께 김밥 옆구리를 터 뜨리기 시작했다. 김밥 옆구리와 함께 내 복장도 터졌지만, 타박하지 못하고 꾹 참을 수밖에 없었다.

외국인 친구들은 일반 김밥과 함께, 햄을 넣지 않은 채식 김밥, 치즈와 계란 지단을 뺀 완전 채식 김밥까지 만들어 냈다. 계란마저 빠지면 대체 무슨 맛이란 말이냐. 나는 그 김밥을 맛보고 나서 이 음식은 한국의 김밥이 아니라 일본의 스시라고 말하기로 결심했다.

김밥만으로는 섭섭해서 된장국도 준비했다. 신나게 국을 끓이는데 선장 마이클이 오더니 나를 격려하겠다는 듯이 엄지를 척 올리며 "오, 미소 수프! 대단해!"라고 하고 갔다. 갑판원 안나도 친근감을 표시하려는 듯이 냄새를 쓱 맡더니 "아~ 향긋한 미소 수프"라며 해맑게 웃었다. 내가 만일 "이건 미소 수프가 아니라 된장국이야"라고 정색하면 우리 관계가 어색해지는 동시에, 어차피 된장국 발음을 못해 '댕장꾹'이나 '똠얌꿍'이라고 발음할 게 뻔해 관뒀다.

결국 그날 저녁은 윤기 흐르는 탱탱한 김밥과 구수한 된장국 대신 옆구리 터진 스시와 희멀건 미소 수프를 먹게 되었다. 뜻밖에도 반응은 좋았다. 다들 "미소 수프 베리 굿!"하며 엄지를 척 올렸다.

답답한 노릇이지만 내게는 익숙한 장면이다. 가만 보면 나는 몰이해의 세상에 살고 있다. '김밥'을 말하면 '스시'로 이해하고, '된장국'을 말하면 '미소 수프'로 받는다. '그린피스에서 일한다'고 말하면 20년도 더 된 '고래 지킴이' 이야기를 한다. '환경감시선에서 일한다' 하면 '생선은 많이 먹겠다'는 엉뚱한 답이 돌아온다.

대개 사람들은 자기가 아는 선에서 상대방의 말을 이해한다. 상대방이 모르는 걸 대화로 설명하는 건 무척 힘든 일이다. 스파게티를 보지 못한 사람은 아무리 설명을 들어도 두꺼운 국수 비슷한 것으로 이해할 테다.

김밥을 김밥이라 설명하는 것도 힘든데, 바다를 오염시키는 수많은 오염원을 낱낱이 설명하고, 결국 우리가 수산물 소비를 줄여야 한다고 말하면 그걸 이해하고 진심으로 받아들이는 사람이 얼마나 될까. 과연 환경감시선에 탄 우리는 환경 문제를 알리고 설득해서 얼마나 세상을 변화시킬 수 있을까. 김밥을 말다 갑자기 머리가 아프다. 막막하다.

그렇다고 김밥을 스시라고 부를 수는 없지 않은가.

여권 없이
갈 수 있는 곳

나라 바깥에 여권 없이 갈 수 있는 곳이 하나 있다. 그곳은 미국보다, 호주, 중국, 브라질보다 넓다. 여건만 되면 다들 한 번쯤 가고 싶어 하는 매력적인 곳이다. 하지만 그렇다고 아무나 갈 수 있는 건 아니다. 일주일짜리 휴가로는 엄두도 못 내고, 적어도 스무 날은 필요하다. 사정이 이러하니 한 번 다녀오면 사람들 사이에서 무용담 최강자로 등극한다.

여기가 어딜까. 우주 정거장? 달? 화성?

답은 바로 남극이다. 우리가 지구본 바닥에 방석처럼 깔고 앉아 보이지 않았을 뿐, 남극은 그토록 넓고 신비하다. 일찍이 아문센과 *스콧*, 섀클턴 같은 모험가들이 그토록 문을 두드렸고, 그곳에서 영원한 전설을 써냈다. 어디 그뿐인가. 해마다 1만 명 넘는 관광객이 이 지역 탐험 크루즈 앞에 줄을 선다. 궂은 날씨에 번번이 상륙은 취소되고, 대신 배에 갇혀 멀미로 고생하기로 이름난 크루즈에 말이다.

그 남극에 왔다. 3월의 남극은 계절을 바꿔 타느라 바쁘다. 슬금슬금 거친 겨울바람이 불어온다. 현재 기온 영하 5°C, 기압은 960hPa. 엄청난 저기압이다. 불쑥불쑥 불어닥치는 강한 블리자드를 타고 눈발이 총알처럼 수평으로 달려들면 배는 사방으로 흔들린다. 극지는 인간의 접근을 반기지 않는다. 그러니 여느 관광처럼 편안하고 즐거운 항해는 아니다.

올해로 마흔네 살인 낡은 아틱 선라이즈는 파도에 쉽게 흔들리고, 선내가 엔진과 환풍기 소음으로 가득하다. 선원과 활동가 등 서른네 명은 좁은 방 이층 침대에서 배의 묵직한 진동을 자장가 삼아 잠든다. 좀처럼 멀미가 없는 나도 속이 메스껍다. 난생처음 배를 타서 귀밑에 멀미약을 붙이고도 괴로워하는 활동가들을 보면 안쓰럽다. 몇 번씩 속을 게워내 하얗게 뜬 얼굴로 남극에 있는 어선을 쫓고 저지할 방법을 고민한다.

1786년 영국의 토마스 델라노가 남극에서 물범을 사냥하기 시작한 이래 1892년까지 물범 사냥 어선 1천100척이 남극을 찾았다. 물범 사냥이 금지된 이후엔 포경선이 몰려왔다. 1994년에 상업 포경이 중단될 때까지 남극에서 혹등고래와 밍크고래, 향유고래 등 150만 마리가 작살을 맞은 곳은 포경원의 해변Whaler's bay으로 이름 붙여져 있어 그 규모를 짐작할 수 있다.

최근에는 굉음과 배기가스를 내뿜는 대형 어선이 펭귄과 바다표범의 서식지 가까이에 다가간다. 이곳은 여름에 펭귄과 바다표범 같은 남극 동물이 먹이를 찾고, 겨울이면 남극의 물고기가 알을 낳는 곳이다.

배들은 오염되지 않은 원시의 바다에서 연료를 옮기기도 한다. 우리는 도착 첫날 파나마 어선과 우크라이나 어선이 배에서 배로 연료를 옮기는 걸 목격했다. 만일 사고가 나서 남극 바다에 기름을 흘리면 돌이킬 수 없다.

남극의 육지에도 인간의 신호는 가득하다. 우리 세종과학기지가 있는 킹조지섬을 아우르는 사우스 셔틀랜드 제도에는 미국, 중국, 러시아 등 열두 나라의 기지가 있다.

남극 반도와 본토 전체를 세면 70여 곳이 넘는다.

해도를 펼쳐본다. 수백 개 섬마다, 그보다 많은 해협마다 이름이 있다. 디셉션섬, 리빙스턴섬, 그리니치섬, 브란스필드해협, 디스커버리만, 파라다이스만, 반달만…. 땅에 번호를 부여하기라도 하듯 꼼꼼하게 각각의 이름이 붙었다. 노자는 명가명비상명名可名非常名이라 했다. '이름은 그 실체를 다 담을 수 없다'는 말이다. 도대체 자연에게 일일이 이름을 붙인 건 누구이며, 그 이름들의 목적은 무엇일까.

머리가 어지럽다. 잠시 머리를 식힐 겸 창밖 바다를 봤다. 오늘도 남극 바다는 생명의 아우성으로 가득하다. 혹등고래가 사방에서 몸을 뒤집으며 크릴을 먹는다. 그럴 때마다 하늘에서 몰려온 바다제비와 갈매기는 사냥 기회를 엿본다. 뭍에서는 펭귄이 털갈이에 한창이다. 먹이를 찾아 뒤뚱뒤뚱 짧은 다리로 먼 길을 오르는 펭귄의 모습에서 부모의 성실함을, 생명의 경이를 본다.

다시 남극을 본다. 이 청량한 공기를 한가득 들이마시고 사방을 둘러본다. 20세기 초 두려움을 모르는 탐험가들의 용기는 이제 전설로 막을 내렸다. 남극에 여권 없이 갈 수 있다는 것. 그 말은 이 거대하고 신비한 땅에 소유

자가 없다는 말이다. 반대로 우리가 모두 주인이라는 말이기도 하다.

그 남극에 왔다.

펭귄과 고래와 크릴과 불청객

사방이 고래다. 배를 어디로 돌려야 할지 모르겠다. 한 녀석을 피해 오른쪽으로 돌면 다른 고래가 물 밖으로 철퍽철퍽 튀어나온다. 빈자리를 찾지만 멀건 가깝건 온통 고래가 뿜어낸 입김이다.

이 녀석들은 뭐가 그리 바쁜지 좀처럼 도망가지 않고 크릴 사냥에 빠졌다. '쿠아아~' 거대한 허파가 뿜는 깊고 웅장한 숨소리에 선원들은 얼이 빠진다. 바로 눈앞에서 고래가 헤엄치는 광경을 보면 누구라도 그럴 것이다.

청량한 바람결이 언뜻 비릿하다. 남극의 차가운 대기에 고래 숨결이 담겼다. 그 분무가 얼굴을 덮친다. 숨을 깊이

들이마신다. 방금 이 공기가 머물렀던 포유류의 거대한 허파를 짐작한다. 고래와 나는 같은 공기로 숨을 쉰다. 더 없이 환상적이다. 대자연과 한 몸이 된 기분이다.

문득 고래 종이 궁금해져 도록을 뒤져 찾아봤다. 온몸에 크고 작은 혹이 선명하다. 헤엄치는 모양이나 길고 하얀 날개 지느러미를 보면 혹등고래다. 그런데 일반적인 혹등고래와 달리 배가 하얗고 겨드랑이가 노랗다. 고래 수백 종이 담긴 책을 샅샅이 뒤져도 똑같은 그림은 없었다. 찾으면 나오리란 건 착각이었다. 책이 세상 모든 걸 담지는 못하고, 자연은 우리가 헤아리는 것보다 크다는 걸 거듭 깨닫는다.

고래는 입을 벌리고 몸을 비틀어 사방을 휘젓는다. 수면에 하얗게 거품이 일더니 작고 붉은 게 떠오른다. 크릴이다. 고래와 새가 크릴을 사냥하고 있다. 우리에게 쌀이 주식이듯, 크릴은 펭귄과 고래, 물범, 앨버트로스 등 남극 생명체의 먹잇감이다. 남극은 살아 있다. 고래 숨소리, 새의 날갯짓, 대기에 퍼진 고래 입김으로 한바탕 난리다. 문득 이 놀라운 파티의 불청객이 된 것 같아 멋쩍다.

멀리 불청객이 하나 더 있는데, 낯익은 이름의 어선이

다. 세종호. 우리나라에서 온 크릴 어선이다. 길이 120m, 배 무게 3천417t에 달한다. 괴물같이 크다. 이번 그린피스 남극 캠페인을 이끄는 틸로가 세종호를 보더니 잽싸게 방향을 돌린다. 틸로는 무전기를 내게 들이밀고 통역을 부탁했다.

　-세종호, 여기는 귀선 전방 3마일에 있는 아틱 선라이즈호입니다. 세종호, 아틱 선라이즈입니다. 들립니까.

　거듭 불러보지만 답이 없다. 국제 규정상 모든 선박은 무전기 16번 채널을 늘 켜놓는다. 세종호는 내 목소리를 들었을 것이다. 환경감시선 소식을 듣고 무전에 대응하지 않기로 결심한 모양이다. 무전을 거듭하던 틸로는 작정한 듯 말했다.

　-보트를 띄웁시다.

　자, 이제 시작이다. 아틱 선라이즈 전체에 비상이 걸렸다. 우리는 어선의 조업을 몸으로 막을 계획이다. 모든 선원이 나와서 소형 고속정을 준비했다. 활동가들은 현수막과 등반 장비를 챙겼다. 세종호의 어업을 저지하기 위해 어선 옆등에 오를 계획이다. 오래 버틸 요량으로 생존 캡슐까지 준비했다. 물과 음식, 누울 곳이 있는 작은 통이다. 이 시간을 기다리며 등반을 연습한 활동가들의 눈빛이 반짝인다. 책임자 틸로는 사뭇 긴장한 표정이다. 금세 고속정 세 척을 띄우고 활동가들을 태웠다. 선원들은 세종호로 달려갈 신호만 기다렸다.

－그물이 올라온다!

선장 다니엘의 말에 쌍안경으로 보니 검고 커다란 그물이 올라오고 있다. 안이 가득 찬 소시지처럼 빵빵하다. 어마어마한 양의 크릴을 잡아들였다. 덤프트럭보다 큰 그물은 기차처럼 줄줄이 세종호의 갑판으로 올라간다. 그물을 올리는 세종호 옆으로 혹등고래 한 무리가 지나간다.

그물이 올라왔다는 건 이미 늦었다는 의미이다. 배가 세종호까지 가려면 15분이 걸린다. 그사이 세종호는 그물을 걷고 잽싸게 도망갈 것이다.

－10분만 서둘렀으면….

틸로가 자책하듯 아랫입술을 깨물었다. 지난 2018년 3월 17일 남극에서 일어난 일이다. 남극 생명의 찬란한 향연과 그 너머에 있는 불청객 어선들. 남극해에는 우리나라 세종호를 비롯해 노르웨이, 중국, 칠레, 우크라이나에서 온 어선들이 있었다.

크릴은 고래와 펭귄과 같은 남극 생물의 먹이다. 그리고 공기 중에서 흡수한 이산화탄소를 배설물과 함께 심해에 가라앉혀 대기의 탄소량을 조절하는데, 남극 크릴의 개체 수가 감소하면 지구온난화는 더 빨라질 수밖에 없다. 여기저기서 지구온난화가 걱정이라고 하지만 지금 남극 크릴 어업은 최대 호황이다. 오메가3 지방산 건강 보조제와 낚시 미끼, 반려동물 사료와 같이 크릴로 만든 제품 수요가 급증한 탓이다. 우리의 삶에서 저 북극 어디에 멀리 있는 환경 문제는 이렇게 뒤로 밀리게 된다.

닷새가 지난 23일. 세종호는 멀리 사라졌고, 대신 우리는 근처에 있던 우크라이나 크릴 어선 모르 소드루체스토 More Sodruzhestva호를 상대로 같은 캠페인을 하기로 했다. 활동가 로니와 조이가 어선 뱃머리에 매달렸다. '남극해를 보호하자'는 현수막을 선체에 붙이고 어업을 저지했다. 이 장면은 실시간 뉴스로 전 세계에 퍼졌다. 활동가들은 차가운 바다 위 낯선 배의 높은 난간에 올랐다. 어쩌면 저렇게 겁이 없을 수 있나 싶다. 나는 조타실에서 이들을 걱정스럽게 지켜볼 뿐이다.

－모르 소드루체스토호, 저희는 귀선을 해하려는 게 아닙니다. 남극 깊은 곳까지 와서 크릴을 남획하지 않기를 바랄 뿐입니다.

–방해하지 마세요. 우리 어업은 불법이 아닙니다. 뱃머리에 매달리든 말든 우리는 크릴을 잡으러 갈 겁니다.

여태 이런 반응은 없었다. 사람을 매달고 달리겠다니. 믿을 수 없다. 우리는 설마 하며 지켜봤고, 어선은 사람을 매단 채로 달리기 시작했다. 활동가들이 매달린 뱃머리는 파도를 받아 출렁이는 바닷물에 서서히 잠겼다. 만일 이게 도로에서 벌어진 일이라면 달려가서 운전자의 멱살이라도 잡을 일이다. 손이 닿지 않는 멀리 커다란 배라는 게 분했다. 우리는 서둘러 물러섰다. 늘 활동가의 안전이 먼저다.

–모르 소드루체스토호, 두 사람이 위험합니다. 활동가들이 배에서 내릴 수 있게 배를 세워주세요.

모르 소드루체스토호는 속도를 높였고, 조이와 로니는 다급하게 바다로 뛰어들었고, 차가운 남극 바닷물에 푹 젖은 채로 아틱 선라이즈호로 돌아왔다. 나는 달려가 둘을 마른 옷으로 갈아입히고 따뜻한 물을 손에 쥐게 했다. 두 사람은 안정이 필요했다.

하마터면 큰일 날 뻔했다. 아니다. 큰일이 났다. 다른 바다도 아니고 차가운 북극 바다에 빠지면 몇 분 안에 저체온증이 오거나 쇼크가 올 수도 있다.

물론 여느 때와 같이 어업을 하던 모르 소드루체스토호에게 우리의 행동은 까닭 없어 보일지도 모르겠다. 억울할 법도 하다. 하지만 그들에게 말했듯이 모르 소드루체스토호를 해하려던 것은 아니다. 남극 전체에서 벌어지고 있는 분별없는 어업 현장을 사람들에게 알리기 위해 어선 중 하나인 이 배에 오른 것이다. 위험한 캠페인에 용기 있게 나선 활동가들이 더욱 대단해 보이던 날이었다.

고래와 함께 숨 쉰 이날을 난 잊을 수 없다. 지구 반대편의 바다에서 고래와 펭귄, 갈매기와 크릴이 한바탕 아우성치는 인간이 파괴하지 않은 자연을 본 날. 동시에, 인간이 그곳에서 하는 남획과 욕심으로 물에 빠진 활동가들을 본 날. 나는 이날 환경감시선에서 일하는 나의 마음을 다시 한번 들여다봤다.

에필로그

 ─자원이 이것뿐이어서 나무라도 베어 먹고 산다는데 내가 강제로 막을 수 있을까? 현지 정부가 외부인이 간섭할 문제가 아니라고 하는데 더 이상 여기서 할 수 있는 일이 뭐가 있지?

 아프리카 콩고 우림 보호 캠페인을 앞두고 이런 생각이 들었다. 산림을 보호하자는 내 주장이 나무를 베어 수출하는 현지 경제에 타격을 주는 건 아닌지, 현실을 모르는 외부인들이 대안도 없이 엉뚱한 이야기를 하는 건 아닌지, 이 나라 정부를 움직일 실질적 대안이 있는지 걱정스러웠다.

캠페인을 앞두고 에스페란자는 콩고공화국 해안에 닻을 놓고 입항 허가를 기다렸다. 역시나 콩고 정부는 환경 감시선을 반기지 않았다. 드넓은 우림을 둘러싼 이익 집단의 압력이 만만치 않을 것이다. 담당 공무원들은 특유의 늑장 행정으로 우리의 힘을 뺐다. 입항 허가를 기다리는 사이 계획했던 일정이 어그러졌고, 결국 에스페란자는 캠페인을 포기하고 빈손으로 돌아섰다. 2017년 크리스마스 언저리였다.

우리가 보호하자고 하는 콩고 우림은 전 세계에서 아마존에 이어 두 번째로 큰 열대 숲이다. 콩고는 물론 인접한 앙골라, 차드, 카메룬 등에 걸친 지구상 가장 넓은 이탄지대이기도 하다. 석탄의 친구쯤 되는 이탄은 습지에 쌓인 낙엽이나 죽은 나무가 수백 년 간 분해되지 않아 형성된 탄소 덩어리다. 이탄지대는 지구 대기에 전체에 퍼져 있는 양의 4배나 많은 탄소를 머금고 있다. 만일 여기 나무를 베고 이탄을 태우면 지구 대기 중 이산화탄소 농도가 급격하게 상승하게 될 것이고 그건 지구 전체의 위기를 초래할 것이다.

이처럼 환경 문제는 전 지구적이다. 한쪽에서만 노력한

다고 해결되지 않는다. 그렇다고 해서 남의 나라의 주권을 함부로 침해할 수도 없다. 허가 없이 멋대로 항구에 갈 수도 없다. 이런 까닭에 내가 환경감시선에서 하는 일은 자주 벽에 부딪힌다.

나와 내 동료들의 활동은 늘 옳지는 않고 자주 실패한다. 꼼꼼한 계획이 이번처럼 입항 허가에 막혀 어그러질 때도 있다. 우림을 보호하자는 말이 우리에게는 온실가스 배출을 막는 하나의 방법이지만, 현지 정부나 주민들에게는 당장의 생계를 위협하는 일이다. 우리에게 옳은 것이 다른 이에겐 그를 수 있다. 그러니 늘 고민하고 헤매는 수밖에 없는 것이다.

'인간은 노력하는 한 방황한다'고 괴테가 말했다. 배도 마찬가지다. 항해하는 한 배는 파도에 흔들린다. 그러니 한 번도 침로를 정확히 유지하는 법이 없다. 조금 좌우 기울었다가 다시 조금 우로 가기를 반복하며 목적지를 향해 나아간다. 끝없이 흔들리고 한 번도 침로를 향해 뱃머리를 고정하지 않은 배가 끝내 목적지에 닿을 수 있다는 게 놀라운 일이다. 배를 항구로 이끄는 건 올바른 침로를 찾는 지치지 않는 노력뿐이다.

전설의 피트 선장으로부터 액티비스트로 임명된 지 어언 7년째다. 그간 환경감시선을 타고 북극과 남극, 아마존, 지중해, 파타고니아, 솔로몬 제도 등 전 세계 환경 문제 현장을 다녔다. 북극을 떠다니는 유빙 위에서 피아노를 연주해 기후변화의 위험을 알린 캠페인, 석유 시추를 막기 위해 떠난 아마존 심해 산호지대. 야생 그대로의 남미 우림지대를 항해하면서는 자연의 아름다움에 경탄했다. 자주 고단하고, 종종 보람찬 시간이었다.

지난 7년의 결과가 어떻냐고 묻는다면 딱히 내놓을 게 없다. 어쩌면 그저 실패의 반복이었는지도 모른다. 나 역시 환경을 위해 채식주의자가 되겠다고 다짐하지만 번번이 실패한다. 나 하나도 바꾸지 못하면서 세상을 바꾸겠다니. 부끄러운 일이다.

하지만 그 다짐을 하면서 사흘 중 하루라도 고기를 먹지 않게 된다. 흔들리고 흔들려도 거듭 방향을 꺾어 조금씩 앞으로 나아간다. 어쩌면 그게 우리의 최선인지도 모른다.

나는 오늘도 같은 곳을 바라보는 동료들과 함께 초록배에 올라탄다. 그렇게 우리는 우리의 최선을 다하며 그렇게 지구 어느 곳에서 작은 물결을 만들 뿐이다.

이 물결이 누군가에겐 큰 파도로 닿길 바라면서.

일하는사람 #003

지구를 항해하는 초록 배에 탑니다

초판 1쇄 발행 2021년 7월 16일
초판 4쇄 발행 2024년 11월 8일

지은이 | 김연식
발행인 | 강봉자

펴낸곳 | (주)문학수첩
주소 | 경기도 파주시 회동길 503-1(문발동 633-4) 출판문화단지
전화 | 031-955-9088(마케팅부), 9536(편집부)
팩스 | 031-955-9066
등록 | 1991년 11월 27일 제16-482호

홈페이지 | www.moonhak.co.kr
블로그 | blog.naver.com/moonhak91
이메일 | moonhak@moonhak.co.kr

ISBN 978-89-8392-864-1 03810

*파본은 구매처에서 바꾸어 드립니다.
*이 도서의 내용은 그린피스의 공식 입장과는 다를 수 있습니다.
*이 도서는 한국출판문화산업진흥원의 '2021년 우수출판콘텐츠 제작 지원' 사업 선정작입니다.